Rabindranath Tagore

Gitanjali

Oferendas Líricas

INTRODUÇÃO
W. B. Yeats

TRADUÇÃO
Lilian Dionysia

AJNA

Introdução

Há poucos dias, eu disse a um distinto médico de Bengala: "Não sei alemão, mas, se a tradução de um poeta alemão me comovesse, eu iria ao Museu Britânico e procuraria livros em inglês que me revelassem algo sobre sua vida e sobre a história de seu pensamento. Entretanto, embora as traduções em prosa de Rabindranath Tagore tenham me entusiasmado, como poucas coisas o fizeram em anos, nada saberei sobre sua vida, nem sobre os movimentos do espírito que tornaram seus versos possíveis, se algum viajante indiano não se dispuser a me contar".

Minha comoção pareceu-lhe natural, pois o médico respondeu: "Leio Tagore todos os dias; basta uma linha de sua obra para que eu esqueça todas as dores do mundo". Ao que repliquei: "Um inglês que vivesse em Londres, no reinado de Ricardo II, ao encontrar as traduções de Petrarca ou de Dante, não teria à mão livros que respondessem às suas perguntas. Mas talvez indagasse algum banqueiro florentino ou mercador lombardo, como agora interrogo a ti. Pelo que sei, tamanha é a abundância e a limpidez dessa poesia, que talvez uma nova Renascença tenha surgido em sua terra, e eu jamais saberei dela senão por ecos distantes". Ele respondeu: "Temos outros poetas, mas nenhum que se compare a ele; chamamos este tempo de a era de Rabindranath. Não conheço poeta algum tão célebre na Europa quanto ele o é entre nós. É imenso tanto na música quanto na poesia, e suas canções são entoadas do oeste da Índia até a Birmânia, onde quer que se fale a língua bengali. Já era famoso aos 19 anos, quando escreveu seu primeiro romance, e as peças que compôs pouco tempo depois ainda são encenadas em Calcutá. Admiro profundamente a plenitude de sua vida. Quando jovem, ele escrevia sobre o mundo natural, passava dias inteiros em seu jardim. Entre os 25 e os 35 anos, talvez, após atravessar grande tristeza, compôs os mais belos poemas de amor de nossa língua". Então, disse com profunda emoção: "As palavras jamais poderão dizer o que sua poesia de amor foi para mim aos 17 anos. Depois disso, sua arte tornou-se mais profunda; fez-se religiosa e filosófica. Em seus hinos, ressoam todos os anseios da humanidade. Ele é o primeiro entre nossos santos a não recusar a vida, mas a falar a partir dela — e é por isso que lhe dedicamos nosso amor". Talvez minha memória tenha alterado suas tão bem escolhidas palavras, mas jamais sua essência. "Há pouco tempo, ele estava conduzindo o serviço divino em uma de nossas igrejas — nós, da Brahma Samaj, usamos a palavra *church*, em inglês. Era a maior de Calcutá, e não apenas estava lotada, com pessoas se amontoando até nas janelas, como também as ruas tornaram-se quase intransitáveis, tomadas pela multidão."

Outros indianos vieram ver-me, e a reverência que tinham por esse homem ressoava como algo fora de lugar em nosso mundo — um mundo onde escondemos tanto o grandioso quanto o trivial sob o mesmo manto de ironia banal e depreciação disfarçada de graça.

Quando erguemos nossas catedrais, demonstramos uma reverência semelhante por nossos grandes homens?

"Todas as manhãs, às três — e sei porque já vi," disse-me um deles, "ele se senta imóvel em contemplação e, por duas horas não desperta de sua meditação sobre a natureza de Deus. Seu pai, o Maha Rishi, por vezes permanecia ali sentado durante todo o dia seguinte; certa vez, ao navegar por um rio, mergulhou em contemplação diante da beleza da paisagem — e os barqueiros esperaram por oito horas até que pudessem retomar a jornada."

Então contou-me sobre a família de Tagore, e como, geração após geração, grandes homens nasceram de seus berços.

"Hoje", disse ele, "temos Gogonendranath e Abanindranath Tagore, que são artistas; além de Dwijendranath, irmão de Rabindranath Tagore, que é um grande filósofo. Os esquilos descem dos galhos e sobem até seus joelhos, e os pássaros pousam sobre suas mãos". Percebo no pensamento desses homens um senso de beleza visível e de significado, como se comungassem daquela doutrina de Nietzsche, a de que não se deve crer na beleza moral ou intelectual que, cedo ou tarde, não se imprima nas coisas físicas. Disse eu: "No Oriente, vocês sabem como preservar o brilho de uma família ilustre. Outro dia, o curador de um museu apontou-me um pequeno homem de pele escura que organizava gravuras chinesas e disse: 'Aquele é o conhecedor hereditário do Mikado,* é o décimo quarto de sua família a ocupar esse posto'". E acrescentou: "Quando Rabindranath era menino, havia ao seu redor, em casa, literatura e música por toda parte". Pensei então na abundância e na simplicidade de seus poemas, e perguntei: "Em seu país, há um excesso de escrita de cunho doutrinário, muita crítica? Temos tanto a fazer, sobretudo em meu próprio país, que nossa mente vai, pouco a pouco, deixando de ser criativa; e, ainda assim, não podemos evitar isso. Se nossa vida não fosse uma guerra constante, não teríamos discernimento, não saberíamos o que

---

* Antigo título conferido ao imperador do Japão. (N. T.)

é bom, não encontraríamos ouvintes nem leitores. Grande parte de nossa energia é consumida na luta contra o mau gosto, seja em nossa própria mente, seja na mente dos outros". "Entendo", respondeu ele. "Também temos nossa escrita de cunho doutrinário. Nos vilarejos, são recitados longos poemas mitológicos, adaptados do sânscrito na Idade Média, e muitas vezes são inseridos trechos exortando o povo a cumprir seus deveres."

II

Carreguei o manuscrito dessas traduções comigo por dias, lendo-o em trens, ônibus e restaurantes, e, muitas vezes, tive de fechá-lo, com receio de que algum estranho percebesse o quanto aquilo me comovia. Esses poemas — que, no original, segundo me dizem meus amigos indianos, são repletos de sutilezas rítmicas, delicadezas de cores intraduzíveis e invenções métricas — revelam, em seu pensamento, um mundo que sonhei a vida inteira. Obra de uma cultura suprema, ainda assim parecem brotar do solo comum, como a relva e os juncos. Uma tradição em que poesia e religião são uma só coisa atravessou os séculos, recolhendo metáforas e emoções tanto dos letrados quanto dos mais simples, e devolvendo à multidão o pensamento do sábio e do nobre. Se a civilização de Bengala permanecer intacta, se essa mente comum, que claramente atravessa a todos, não for, como entre nós, fragmentada em dezenas de consciências que nada sabem umas das outras, então algo, mesmo do que há de mais sutil nesses versos, terá chegado, dentro de poucas gerações, ao andarilho das estradas. Quando havia apenas uma só mente na Inglaterra, Chaucer escreveu *Troilo e Cressida*, que, embora se destinassem à leitura ou à recitação — pois nosso tempo já se aproximava com rapidez —, ainda assim foi cantado por menestréis durante algum tempo. Rabindranath Tagore, tal como os precursores de Chaucer, compõe música para suas palavras, e compreende-se, a cada momento, que ele é tão abundante, tão espontâneo, tão ousado em sua paixão e tão pleno de surpresa, porque faz algo que jamais lhe pareceu estranho, forçado ou digno de defesa. Esses versos não repousarão nos pequenos livros bem impressos sobre as mesas das damas, folheados por mãos indolentes que suspiram por uma existência sem sentido — a única que lhes é dada conhecer; nem serão levados por estudantes nas universidades, apenas para serem deixados de lado quando a vida prática começar. Mas, com o passar das gerações, viajantes irão declamá-los pelas estradas, e homens os entoarão ao remar pelos rios. Amantes, enquanto esperam um pelo outro, encontrarão, ao murmurá-los, neste amor de Deus um abismo mágico, onde sua paixão mais amarga poderá banhar-se e renovar sua juventude. A cada momento, o coração deste poeta é derramado sobre os que estão fora, sem desdém nem condescendência, pois soube, desde sempre, que compreenderiam, preenchendo seus versos com a matéria viva de suas existências. O viajante, com vestes cor de terra — para que o pó não se revele sobre ele; a jovem que procura entre os lençóis as pétalas caídas da grinalda de seu verdadeiro amante; a donzela ou a noiva que espera, na casa vazia, a volta do amado — são imagens do coração que se volta para Deus. Flores e rios, o eco das conchas, a chuva intensa do julho indiano ou o calor abrasador — são reflexos dos estados da alma em união ou em separação. E um homem sentado num barco sobre o rio, dedilhando um alaúde — como aquelas figuras carregadas de mistério nas pinturas chinesas — é o próprio Deus. Um povo inteiro, uma civilização inteira — profundamente estranha para nós — parece ter sido absorvida por essa imaginação; e, no entanto, não nos comove por causa de sua estranheza, mas porque ali encontramos nossa própria imagem, como se tivéssemos caminhado pelo bosque de salgueiros de Rossetti, ou ouvido, talvez pela primeira vez na literatura, nossa própria voz, — como num sonho.

Desde o Renascimento, os escritos dos santos europeus, por mais familiares que sejam suas metáforas e a estrutura geral de seu pensamento, deixaram de prender nossa atenção. Sabemos que devemos, enfim, abandonar o mundo, e estamos acostumados, em momentos de cansaço ou exaltação, a contemplar essa renúncia voluntária. Mas como poderíamos nós, que lemos tanta poesia, contemplamos tantas pinturas, ouvimos tantas músicas, onde o clamor da carne e o clamor da alma parecem um só, abandoná-lo de forma resoluta e rude? O que temos em comum com São Bernardo, que cobria os olhos para não se deter na beleza dos lagos da Suíça, ou com a retórica violenta do Livro do Apocalipse? Se nos fosse dado escolher, preferiríamos encontrar, como neste livro, palavras cheias de delicadeza: "Recebi meu chamado. Despeçam-se de mim, meus irmãos! Curvo-me diante de todos vocês e tomo meu caminho. Aqui devolvo as chaves da minha porta e abdico de qualquer direito sobre a minha casa. Peço apenas as suas gentis palavras de despedida. Fomos vizinhos por tanto tempo, e recebi mais do que pude dar. Agora o dia amanheceu, e a lâmpada que iluminava meu canto escuro se apagou. Chegou o chamado, e estou pronto para a jornada". E é o nosso próprio estado de alma, quando mais distante de Tomás de Kempis ou São João da Cruz, que clama: "E porque amo esta vida, sei que amarei também a morte". Contudo, não é apenas em nossos pensamentos sobre a despedida que este livro nos toca profundamente. Talvez não soubéssemos que amávamos a Deus, talvez nem sequer acreditássemos Nele; ainda assim, ao olharmos para trás em nossa vida, descobrimos — na exploração das trilhas entre bosques, no encantamento pelos lugares solitários nas colinas, naquele clamor misterioso e vão que lançamos às mulheres que amamos — a mesma emoção que teceu essa doçura insidiosa. "Entraste em meu coração sem ser chamado, como um entre tantos na multidão, tu, meu rei, imprimiste o selo da eternidade em muitos instantes fugazes da minha vida". Já não se trata da santidade da cela e do cilício, mas de uma elevação, por assim dizer, uma intensificação do estado de alma do pintor que retrata a poeira na luz do sol. E buscamos uma voz semelhante em São Francisco e em William Blake, que sempre parecem tão alheios à nossa história marcada pela violência.

III

Escrevemos longos livros em que talvez nenhuma página tenha algo que transforme a escrita num prazer — confiando em algum propósito maior — assim como lutamos, acumulamos dinheiro e nos afogamos na política, todas atividades tediosas em si mesmas. Enquanto isso, Tagore, assim como a própria civilização indiana, contentou-se em descobrir a alma e render-se à sua espontaneidade. Com frequência, ele parece contrastar sua vida com a daqueles que seguiram mais de perto nossos costumes, cujas existências carregam um peso maior no mundo. E o fez sempre com humildade, como se apenas soubesse que seu caminho é o melhor para si mesmo: "Homens voltando para casa lançam-me olhares e sorrisos, enchendo-me de vergonha. Sento-me como uma pedinte, cobrindo o rosto com a ponta da saia; quando me perguntam o que desejo, abaixo os olhos e não respondo". Em outro momento, recordando como sua vida tinha outra forma, ele dirá: "Gastei incontáveis horas na luta entre o bem e o mal — mas agora, é o prazer do meu companheiro dos dias vazios atrair meu coração para junto dele. E eu ignoro por que razão me chama, de súbito, para esta inútil leveza do ser!". Uma inocência, uma simplicidade que não se encontram em nenhuma outra literatura faz com que os pássaros e as folhas lhe sejam tão próximos quanto são às crianças, e as mudanças das estações, grandes eventos, como eram antes que o pensamento se erguesse entre elas e nós. Às vezes me pergunto se ele trouxe isso da literatura de Bengala ou da religião; outras vezes, ao me lembrar dos pássaros pousando nas mãos de seu irmão, encontro prazer em pensar que é algo herdado, um mistério que se desenvolveu ao longo dos séculos, como a cortesia de um Tristão ou de um Pelinor.* Com efeito, quando ele fala das crianças, tamanha é a fusão dessa qualidade com sua própria alma, que não se pode ter certeza de que não esteja também falando dos santos: "Constroem casas de areia, brincam com conchas vazias. Com folhas secas tecem seus barquinhos e, sorridentes, os lançam à vastidão do mar. As crianças brincam na praia dos mundos. Não sabem nadar, não sabem lançar redes. Enquanto os pescadores mergulham em busca de pérolas, e os mercadores singram seus navios, as crianças colhem pedrinhas — e logo as espalham novamente. Não buscam tesouros ocultos, não conhecem os segredos das redes."

W. B. Yeats
Setembro de 1912

* Também conhecido como Rei Pellinore, é uma figura lendária do ciclo arturiano, que reúne contos e lendas sobre o Rei Arthur e seus Cavaleiros da Távola Redonda. (N. T.)

GITANJALI

1

Fizeste-me eterno; tal é o teu prazer. Este frágil vaso, tu o esvazias incessantemente, para enchê-lo sempre com vida renovada.

Esta pequena flauta de junco, levaste por colinas e vales, e soprando através dela, criaste melodias eternamente novas.

Ao toque imortal de tuas mãos, meu pequeno coração se desfaz em grande euforia e dá à luz palavras indizíveis.

Teus dons infinitos chegam a mim por estas minhas mãos tão diminutas. As eras passam, e tu ainda derramas, e ainda há espaço a preencher.

2

Quando me ordenas que eu cante, parece que meu coração se partirá de orgulho; e ao voltar meu olhar para teu rosto, lágrimas me brotam aos olhos.

Tudo o que há de árduo e dissonante em minha vida se dissolve numa doce harmonia, e minha adoração abre asas, como um pássaro exultante a planar sobre o mar.

Sei que te agradas do meu canto. Sei que apenas como cantor me aproximo de tua presença.

Com a ponta alada do meu canto, toco teus pés — que jamais ousaria aspirar alcançar.

Embriagado pela alegria de cantar, esqueço-me de mim e chamo-te de amigo, tu que és meu Senhor.

3

Não sei como cantas, meu Mestre! Ouço-te sempre em silencioso assombro.

A luz de tua música ilumina o mundo. O sopro vital de teu canto percorre o céu de ponta a ponta. A corrente sagrada de tua melodia rompe os mais duros obstáculos de pedra e avança impetuosa.

Meu coração anseia por unir-se ao teu canto, mas luta em vão por uma voz. Quero falar, mas a fala não se faz canto, e clamo, frustrado. Ah! Fizeste de meu coração um prisioneiro, enredado nas infinitas tramas de tua música, ó meu Mestre!

4

Vida da minha vida, sempre procurarei manter meu corpo puro, sabendo que teu toque vivo habita todos os meus membros.

Buscarei sempre afastar de meus pensamentos toda falsidade, sabendo que tu és a verdade que acendeu a luz da razão em minha mente.

Guardarei sempre meu coração de todo o mal, mantendo meu amor em flor, sabendo que tu tens tua morada sagrada no mais íntimo santuário do meu ser.

E será meu empenho revelar-te em minhas ações, pois é teu poder que me dá força para agir.

5

Peço um instante de indulgência para sentar-me a teu lado. As tarefas que carrego nas mãos, as concluirei depois.

Longe da visão do teu rosto, meu coração não encontra repouso nem alívio, e meu trabalho se torna uma jornada infinita num mar sem fim.

Hoje, o verão chegou à minha janela com seus suspiros e murmúrios, e as abelhas entoam sua música no átrio do bosque em flor.

Agora é tempo de repousar em silêncio, frente a frente contigo, e cantar a dedicação da vida neste ócio sagrado.

6

Colhe esta pequena flor e leva-a contigo, não te demores! Temo que ela murche e caia na poeira do caminho.

Talvez não encontre lugar em tua grinalda, mas honra-a com a leve dor de teu toque, e colhe-a. Temo que o dia termine antes que eu perceba, e o instante da oferta se perca.

Ainda que sua cor não seja intensa, e seu perfume, tênue, recebe esta flor em teu serviço, e colhe-a enquanto há tempo.

7

Minha canção despiu-se de seus adornos. Já não se orgulha de vestes nem enfeites. Ornamentos apenas turvariam nossa união; se ergueriam entre ti e mim; seu tilintar sufocaria teus sussurros.

A vaidade do meu canto morre envergonhada diante de tua presença. Ó mestre dos poeta, sentei-me a teus pés. Permite apenas que eu faça da minha vida algo simples e puro, como uma flauta de bambu, para que tu a preenchas de música.

8

A criança vestida com trajes de príncipe, com colares de joias ao pescoço, perde todo o prazer da brincadeira; suas roupas a tolhem a cada passo.

Temendo que se rasguem ou se sujem de poeira, ela se afasta do mundo, com medo até de se mover.

Mãe, de que vale essa escravidão da elegância, se afasta a criança da poeira saudável da terra, se lhe rouba o direito de entrada na grande feira da vida humana comum?

9

Ó insensato, tentar carregar a ti mesmo sobre os próprios ombros! Ó pedinte, vir mendigar à tua própria porta!

Entrega teus fardos nas mãos Daquele que tudo pode carregar, e jamais olhes para trás com arrependimento.

Teu desejo apaga, num só sopro, a luz da lâmpada que toca com seu hálito. Ele é impuro, não aceites teus dons através de mãos manchadas. Aceita apenas o que te é ofertado pelo amor sagrado.

10

Aqui está o descanso para teus pés, e ali repousam teus passos, onde vivem os mais pobres, os mais humildes, os perdidos.

Quando tento inclinar-me diante de ti, minha reverência não alcança a profundidade onde teus pés repousam entre os mais pobres, os mais humildes, os perdidos.

O orgulho jamais poderá se aproximar do solo em que caminhas, vestido com as vestes dos simples, entre os mais pobres, os mais humildes, os perdidos.

Meu coração jamais encontrará o caminho até onde fazes tua morada junto aos que não têm companhia, entre os mais pobres, os mais humildes, os perdidos.

11

Deixa esse rosário de contas, de cânticos e de orações! A quem adoras nesse templo escuro e solitário, de portas cerradas? Abre os olhos, vê: teu Deus não está diante de ti!

Ele está lá onde o lavrador fende a terra endurecida, e onde o construtor de caminhos parte as pedras. Está com eles sob o sol ardente e sob a chuva incessante, e suas vestes estão cobertas de poeira. Lança fora teu manto sagrado, e, como Ele, desce à terra empoeirada!

Libertação? Onde se encontra tal libertação? Nosso Mestre tomou sobre si, com alegria, os laços da criação, e eternamente está preso a nós.

Sai de tuas meditações, abandona tuas flores e teus incensos! Que importa se tuas vestes se rasgarem e se mancharem? Vai ao encontro Dele, e permanece lá no trabalho e no suor do teu rosto.

12

O tempo que leva minha jornada é longo, e longo é o seu caminho.

Parti na carruagem do primeiro raio de luz, seguindo minha viagem pelos desertos dos mundos, deixando rastros em muitas estrelas e planetas.

É o caminho mais distante que mais me aproxima de ti; e é o aprendizado mais complexo aquele que conduz à simplicidade absoluta de uma canção.

O viajante precisa bater a todas as portas estranhas para enfim chegar à sua própria; é preciso vagar por todos os mundos exteriores para alcançar, no final, o santuário mais íntimo.

Meus olhos erraram ao longe, até que se fechassem e eu murmurasse: "Aqui estás!"

A pergunta e o clamor — "Ó, onde?" — dissolvem-se em lágrimas de mil riachos e inundam o mundo com a certeza resplandecente: "Eu sou!".

13

A canção que vim cantar permanece até hoje não cantada. Passei meus dias afinando e desafinando meu instrumento.

O momento ainda não chegou, as palavras não se ordenaram como deveriam; há apenas a agonia do desejo em meu coração.

A flor ainda não desabrochou; apenas o vento suspira ao passar.

Não vi teu rosto, nem ouvi tua voz; apenas teus passos suaves ressoam na estrada diante da minha casa.

O longo dia passou, e preparei um lugar para ti no chão; mas a lâmpada não foi acesa, e não posso convidá-lo a entrar.

Vivo na esperança de encontrá-lo, mas esse encontro ainda não aconteceu.

14

Meus desejos são muitos e meu clamor é doloroso, mas tu sempre me salvaste com duras recusas. E essa misericórdia severa foi entretecida em toda a minha vida.

Dia após dia, tornas-me digno dos dons simples e grandiosos que me ofereceste sem que eu pedisse — este céu e esta luz, este corpo, esta vida e esta mente, salvando-me dos perigos de desejar demais.

Há momentos em que, languidamente, me deixo ficar, e momentos em que desperto e corro em busca do meu destino; mas cruelmente te ocultas diante de mim.

Dia após dia, tornas-me digno de tua plena aceitação ao me recusares vez por outra, salvando-me dos perigos do desejo fraco e incerto.

15

Estou aqui para cantar-te canções. Neste salão que é teu, tenho um assento num canto.

No teu mundo, não há tarefa a cumprir; minha vida inútil só pode se expressar em melodias sem propósito.

Quando soar a hora sagrada da tua adoração silenciosa, no templo escuro da meia-noite, ordena-me, ó meu Mestre, que eu permaneça diante de ti para cantar.

E quando, na brisa da manhã, a harpa dourada for afinada, honra-me com tua ordem, e permita-me estar na tua presença.

16

Recebi meu convite para a festa deste mundo, e assim minha vida foi abençoada. Meus olhos viram, meus ouvidos ouviram.

Coube-me, neste banquete, tocar meu instrumento, e fiz tudo o que pude.

Agora me pergunto: teria enfim chegado o momento em que poderei entrar, contemplar teu rosto, e oferecer-te minha silenciosa saudação?

17

Estou apenas à espera do amor, para enfim entregar-me em suas mãos. É por isso que demoro, e por isso tenho sido culpado de tantas omissões.

Eles vêm com suas leis e seus códigos, para prender-me com firmeza; mas sempre os evito, pois estou apenas à espera do amor, para enfim entregar-me em suas mãos.

As pessoas me censuram e me chamam de descuidado; não duvido que tenham razão em sua censura.

O dia de mercado se encerrou, e todo o labor dos ocupados chegou ao fim. Aqueles que vieram chamar-me, em vão, voltaram, irritados. Estou apenas à espera do amor, para enfim entregar-me em suas mãos.

18

Nuvens se amontoam sobre nuvens, e escurece. Ah, amor, por que me deixas esperando do lado de fora, sozinho à porta?

Nos momentos agitados do trabalho do meio-dia, estou entre a multidão, mas neste dia escuro e solitário, é apenas por ti que espero.

Se não me mostras teu rosto, se me deixas de lado, esquecido, não sei como atravessar estas longas horas de chuva.

Fico a olhar o céu escurecido ao longe, e meu coração vagueia, em lamento, com o vento inquieto.

19

Se tu não falares, encherei meu coração com teu silêncio e o suportarei. Ficarei quieto e esperarei, como a noite em vigília estrelada, com a cabeça curvada em paciência.

A manhã certamente virá, a escuridão se dissipará, e tua voz descerá em fios dourados, rompendo o céu.

Então tuas palavras ganharão asas, e farão nascer canções em cada ninho das minhas aves, e tuas melodias florescerão em canções por todos os bosques da minha floresta.

20

No dia em que o lótus floresceu, ai de mim, minha mente vagava distante, e eu não percebi. Minha cesta estava vazia, e a flor permaneceu esquecida.

De tempos em tempos, apenas, uma tristeza caía sobre mim, e eu despertava do meu sonho, sentindo no vento do sul o vestígio sutil de uma fragrância desconhecida.

Essa doçura vaga fazia meu coração doer de anseio, e parecia-me o sopro ansioso do verão buscando sua plenitude.

Eu não sabia, então, que estava tão perto, que era meu, e que essa doçura perfeita havia florescido nas profundezas do meu próprio coração.

21

Preciso lançar meu barco ao mar. As horas lânguidas escoam na praia — ai de mim!

A primavera já floresceu e partiu. E agora, com o fardo de flores murchas e inúteis, eu espero e hesito.

As ondas rugem inquietas, e, na margem, ao longo da alameda sombreada, as folhas amarelas tremulam e caem.

Que vazio é esse que contemplas? Não sentes um arrepio no ar errante, pairando nas notas de uma canção distante flutuando na outra margem?

22

Nas sombras espessas do julho chuvoso, com passos furtivos, tu caminhas silencioso como a noite, escapando aos olhos de todos.

Hoje, a manhã cerrou as pálpebras, indiferente ao chamado do vento do leste, e um espesso véu cobre o azul desperto do céu.

As florestas calaram seus cânticos, e as casas se fecharam por dentro. Tu caminhas só, peregrino das ruas desertas.

Ó meu único amigo, ó bem-amado, os portões da minha casa estão abertos — não passes por ela como um sonho.

23

Estás à deriva nesta noite tempestuosa, na jornada do amor, meu amigo? O céu geme como alguém em desespero.

Esta noite, não conheço o sono. Vez por outra, abro a porta e olho para a escuridão, meu amigo!

Nada vejo adiante. E me pergunto: onde estará teu caminho?

Por qual margem sombria do negro rio como tinta, por qual beirada distante da floresta sombria, por qual labirinto de sombras profundas vais trilhando teu curso para vir até mim, meu amigo?

24

Se o dia chegou ao fim, se os pássaros já não cantam, se o vento se rendeu, cansado, então estende sobre mim o espesso véu da noite, como envolveste a terra no manto do sono, e fechaste com ternura as pétalas do lótus, ao anoitecer.

Ao viajante, cuja bolsa de provisões se esvaziou antes do fim da jornada, cuja veste está rasgada e coberta de poeira, cuja força se exauriu, retira-lhe a vergonha e a pobreza, e renova sua vida como uma flor sob o manto piedoso da noite.

25

No cansaço da noite, deixa que eu me entregue ao sono sem resistir, descansando minha confiança em ti.

Que eu não obrigue meu espírito abatido a uma preparação descuidada para a tua adoração.

És tu quem estende o véu da noite sobre os olhos fatigados do dia, para que despertem renovados, num frescor alegre de outrora.

26

Ele se aproximou e sentou-se ao meu lado, mas eu não despertei. Que sono maldito foi esse — ai de mim, como sou miserável!

Ele veio quando a noite estava quieta; trazia a harpa nas mãos, e meus sonhos se encheram das melodias que ele entoava.

Ai de mim, por que minhas noites se perdem sempre assim, uma a uma? Ah, por que vivo a perder de vista aquele cujo sopro toca o meu sono?

27

Luz, ó, onde está a luz? Acenda-a com o fogo ardente do desejo!

A lâmpada está ali, mas nem sequer um tremeluzir de chama — é esse, meu coração, o teu destino? Ah, a morte te seria menos cruel!

A miséria bate à tua porta. Traz a mensagem de que teu Senhor está desperto, e te chama ao encontro do amor, através da escuridão da noite.

O céu está coberto de nuvens, a chuva é incessante. Não sei o que se agita em mim, não sei seu significado.

Um relâmpago por um instante rasga as trevas, mas logo arrasta sobre meus olhos uma escuridão ainda mais funda. E meu coração tateia o caminho até onde me chama a música da noite.

Luz, ó, onde está a luz? Acende-a com o fogo ardente do desejo! Troveja, e o vento ruge, gritando através do vazio. A noite é negra como pedra negra. Não deixes que as horas se escoem na escuridão. Acende a lâmpada do amor com tua própria vida.

28

Obstinados são os grilhões, mas meu coração dói quando tento rompê-los.

Liberdade é tudo o que desejo e, ainda assim, sinto vergonha até de esperar por ela.

Sei que em ti habita uma riqueza inestimável, sei que és meu melhor amigo, mas não tenho coragem de varrer os brilhos falsos que enchem meu quarto.

A mortalha que me cobre é feita de poeira e morte; odeio-a, e, no entanto, a abraço com amor.

Minhas dívidas são vastas, meus fracassos, imensos, minha vergonha, secreta e pesada. E mesmo assim, quando venho suplicar o que é bom, estremeço com medo de que minha prece seja ouvida.

29

Aquele a quem encerro com meu nome chora nesta prisão. Estou sempre ocupado erguendo este muro ao meu redor; e à medida que ele sobe em direção ao céu, dia após dia, vou perdendo de vista meu verdadeiro ser, na sombra escura que ele projeta.

Tenho orgulho deste grande muro, e o revisto de pó e areia, para que nem o menor vão se abra neste nome que me cerca. E, por mais cuidado que eu tenha, perco de vista meu verdadeiro ser.

30

Saí sozinho, a caminho do meu encontro. Mas quem é esse que me segue na escuridão silenciosa?

Afasto-me para evitar sua presença, mas não consigo escapar.

Ele levanta o pó da terra com seu passo arrogante; eleva sua voz estrondosa a cada palavra que pronuncio.

É meu pequeno eu, meu Senhor. Não conhece a vergonha; mas eu, sim, e me envergonho de chegar à tua porta na companhia dele.

31

"Prisioneiro, dize-me: quem foi que te prendeu?"

"Foi meu senhor", disse o prisioneiro. "Pensei que poderia superar todos no mundo em riqueza e poder, e acumulei como meu próprio tesouro aquilo que pertencia ao rei.

Quando o sono me venceu, deitei-me no leito que era do meu senhor; e, ao despertar, descobri que era prisioneiro dentro do meu próprio tesouro."

"Prisioneiro, dize-me: quem forjou essa corrente inquebrantável?"

"Fui eu", disse o prisioneiro, "quem a forjou com grande zelo. Pensei que meu poder invencível aprisionaria o mundo, e que assim eu gozaria de uma liberdade imperturbável. Dia e noite, trabalhei na corrente, com fornalhas ardentes e golpes cruéis. Quando enfim a obra estava pronta, os elos completos e inquebrantáveis, percebi que era a mim que ela aprisionava."

32

Aqueles que me amam neste mundo fazem de tudo para manter-me seguro. Mas contigo é diferente — teu amor, maior que o deles, me mantém livre.

Com medo de que eu os esqueça, jamais ousam me deixar sozinho. Mas os dias passam, um após o outro, e tu não te deixas ver.

Se não te invoco em minhas preces, se não te guardo no coração, ainda assim teu amor por mim permanece, à espera do meu amor.

33

Quando amanheceu, vieram à minha casa e me disseram: "Tomaremos apenas o menor dos quartos".

Disseram ainda: "Ajudaremos na adoração a teu Deus e aceitaremos humildemente apenas nossa parte da graça". Então, sentaram-se num canto, silenciosos e modestos.

Mas, na escuridão da noite, vejo que invadem meu santuário sagrado — fortes e turbulentos — e, com avidez profana, arrebatam as oferendas no altar de Deus.

34

Que reste de mim apenas o suficiente para que eu possa chamar-te de meu tudo.

Que reste apenas o pouco da minha vontade que me permita sentir-te por todos os lados, encontrar-te em todas as coisas, e te ofertar a cada instante o meu amor.

Que reste apenas o pouco de mim que jamais te oculte.

Que reste apenas um pouco das minhas amarras para que me una à tua vontade, e por onde teu propósito se cumpra em minha vida — e que essa seja a corrente do teu amor.

35

Onde a mente é livre de medo e a fronte se ergue altiva;

Onde o conhecimento é livre;

Onde o mundo não foi despedaçado em estreitos muros domésticos;

Onde as palavras brotam das profundezas da verdade;

Onde o esforço incansável estende os braços rumo à perfeição;

Onde o límpido curso da razão não se perdeu no árido deserto dos hábitos mortos;

Onde a mente é conduzida por ti a um pensamento e uma ação sempre mais vastos. Nesse céu de liberdade, meu Pai, desperta minha pátria.

36

Senhor, eis minha oração:

Arranca do meu coração a raiz da avareza.

Dá-me a força para suportar sem esforço minhas tristezas e minhas alegrias.

Dá-me a força para fazer frutificar meu amor em benefícios.

Dá-me a força para jamais desprezar o pobre, nem dobrar os joelhos diante do poder insolente.

Dá-me a força para elevar meu espírito muito acima das futilidades cotidianas.

E dá-me a força para submeter, com amor, minha força à tua vontade.

37

Pensei que minha viagem havia chegado ao fim, no último limite da minha força — que o caminho diante de mim se fechara, que as provisões haviam se esgotado, e que era tempo de buscar abrigo na obscuridade silenciosa.

Mas descubro que tua vontade em mim não conhece fim. E quando as antigas palavras se calam na língua, novas melodias brotam do coração; e onde as trilhas se perdem, um novo território se revela, com suas maravilhas.

38

Que eu queira — apenas a ti — que meu coração repita isso sem fim. Todos os desejos que me distraem, dia e noite, são vãos e efêmeros.

Assim como a noite oculta, em sua escuridão, o anseio pela luz, assim também, nas profundezas da minha inconsciência, ressoa o clamor: "Eu te quero, apenas a ti".

Assim como a tempestade, ao se lançar contra a luz, busca, no fundo, a própria paz, assim também minha rebeldia se lança contra teu amor, e no entanto, seu clamor é este: "Eu te quero, apenas a ti".

39

Quando o coração estiver duro e ressecado, vem sobre mim com a chuva de tua misericórdia.

Quando a graça se perder no caminho, vem com o esplendor de teu canto.

Quando o tumulto do trabalho se erguer por todos os lados, sufocando-me em seu clamor, vem a mim, ó Senhor do silêncio, com tua paz e teu repouso.

Quando meu pobre coração se encolher, trancado num canto, arrebenta a porta, meu Rei, e entra com a solenidade de um soberano.

Quando o desejo cegar a mente com ilusão e poeira, ó tu, o santo, o desperto, vem com tua luz e teu trovão.

40

A chuva se deteve por dias e dias, ó meu Deus, em meu coração árido. O horizonte está ferozmente nu — sem o mais tênue véu de branda nuvem, sem o mais vago presságio de uma chuva fresca e distante.

Envia tua tempestade furiosa, escura e mortal, se assim desejares, e com chicotes de relâmpagos assombra o céu de um extremo ao outro.

Mas afasta, meu Senhor, afasta este calor silencioso que tudo invade, tão imóvel, tão agudo, tão cruel, queimando o coração com um desespero terrível.

Que a nuvem da graça se incline do alto, como o olhar lacrimoso da mãe no dia da cólera do pai.

41

Onde estás, atrás de todos eles, meu amado, oculto nas sombras? Eles te empurram ao passar por ti na estrada empoeirada, sem ao menos te notar. Eu espero aqui, por horas cansadas, estendendo minhas oferendas para ti, enquanto os transeuntes vêm e levam minhas flores, uma por uma, e meu cesto já está quase vazio.

A manhã já se foi, e também o meio-dia. Na sombra do entardecer, meus olhos pesam de sono. Homens voltando para casa lançam-me olhares e sorrisos, enchendo-me de vergonha. Sento-me como uma pedinte, cobrindo o rosto com a ponta da saia; quando me perguntam o que desejo, abaixo os olhos e não respondo.

Ah, como eu poderia dizer que é por ti que espero — e que tu me prometeste vir? Como poderia confessar, envergonhada, que reservo para meu dote esta pobreza? Mas, no segredo do coração, abraço este orgulho.

Sento-me sobre a relva, contemplo o céu, e sonho com o súbito esplendor de tua chegada — as luzes acesas, flâmulas douradas tremulando sobre tua carruagem, e todos à beira da estrada, imóveis, boquiabertos, ao ver-te descer do assento para me erguer do pó e colocar a teu lado esta pedinte esfarrapada, trêmula de vergonha e orgulho, como uma trepadeira na brisa do verão.

Mas o tempo desliza, e ainda não ouço o som das rodas de tua diligência. Tantas procissões já passaram, com estrondo, gritos e o brilho da glória. Serás apenas tu que escolherias permanecer nas sombras, em silêncio, atrás de todos? E apenas eu, a esperar, chorar e consumir meu coração em vão anseio?

42

Logo ao amanhecer, sussurrou-se que partiríamos num barco, só tu e eu, e que ninguém no mundo saberia desta nossa peregrinação, sem destino nem chegada, rumo a país nenhum.

No oceano sem margens, ao teu sorriso que escuta em silêncio, minhas canções se ergueriam em melodias, livres como as ondas, livres de toda prisão das palavras.

Ainda não chegou a hora? Ainda há tarefas por cumprir? Vê: o crepúsculo repousa sobre a praia, e, na luz que se desfaz, as aves marinhas voam de volta aos seus ninhos.

Quem saberá quando cairão as correntes, e o barco, como o último fulgor do poente, desaparecerá na noite?

43

Houve um tempo em que eu não me preparava para ti; e, entraste em meu coração sem ser chamado, como um entre tantos na multidão, tu, meu rei, imprimiste o selo da eternidade em muitos instantes fugazes da minha vida.

E hoje, ao acaso, deparo-me com esses momentos e vejo tua assinatura neles — esquecidos no pó, misturados à memória de alegrias e tristezas dos meus dias banais e insignificantes.

Tu não viraste o rosto com desprezo diante das minhas brincadeiras infantis na poeira, e os passos que eu ouvia na minha sala de jogos são os mesmos que ecoam agora de estrela em estrela.

44

Eis o meu prazer: esperar e velar à beira do caminho, onde a sombra persegue a luz, e a chuva segue o verão.

Mensageiros, com notícias de céus desconhecidos, saúdam-me e seguem adiante pela estrada. Meu coração se alegra por dentro, e o sopro da brisa passageira é doce.

Desde a aurora até o crepúsculo, sento-me aqui, diante da porta, sabendo que, de súbito, o momento feliz chegará, e eu poderei ver.

Enquanto isso, sorrio e canto sozinho. Enquanto isso, o ar se enche com o perfume da promessa.

45

Não ouviste passos silenciosos? Ele vem, vem — sempre vem. A cada instante, em cada era, a cada dia e a cada noite, ele vem, vem — sempre vem.

Muitas canções entoei, em tantos estados de alma, mas todas repetiam em seus ecos: "Ele vem, vem — sempre vem".

Nos dias perfumados de abril ensolarado, pelos caminhos da floresta, ele vem, vem — sempre vem. Nas noites sombrias e chuvosas de julho, na carruagem trovejante das nuvens, ele vem, vem — sempre vem. Dor após dor, são seus passos que pisam meu coração, e é o toque dourado de seus pés que faz resplandecer minha alegria.

46

Não sei de que tempo distante vens, mas sempre vens, te aproximando para me encontrar.

Nem teu sol, nem tuas estrelas conseguem ocultar-te de mim para sempre.

Em muitas manhãs e tardes ouvi teus passos, e teu mensageiro chegou ao meu coração, chamando-me em segredo.

Não sei por que, hoje, minha vida toda se agita, e uma alegria trêmula percorre meu peito.

É como se houvesse chegado o tempo de concluir minha obra, e sinto no ar o leve perfume da tua doce presença.

47

A noite lentamente se esvai, esperei por ele em vão. Temo que, ao amanhecer, ele chegue de súbito à minha porta, e eu esteja adormecida, vencida pelo cansaço. Ó amigos, deixai-lhe livre o caminho — não o detenhais.

Se o eco de seus passos não me despertar, rogo-vos não me acordeis. Não desejo que meu sono seja interrompido pelo clamor dos pássaros, nem pelo alvoroço do vento na festa da luz da manhã. Deixai-me dormir em paz — ainda que meu Senhor chegue de súbito à minha porta.

Ah, meu sono, precioso sono, que apenas espera seu toque para se desfazer. Ah, meus olhos cerrados, que se abrirão à luz de seu sorriso, quando ele estiver diante de mim como o primeiro de todos os clarões e formas, e que o primeiro estremecer da alegria em minha alma desperta venha do seu olhar como um sonho emergindo da escuridão. E que o meu retorno a mim mesmo seja, desde o primeiro instante, um retorno a ele.

48

O mar matinal do silêncio rompeu-se em ondas de cantos de pássaros; as flores, alegres, sorriam à beira da estrada; e a riqueza dourada se derramava pelas frestas das nuvens, enquanto seguíamos apressados o caminho, sem nada notar.

Não entoamos canções festivas, nem brincamos; não fomos à aldeia para negociar; não trocamos palavras nem sorrisos; não nos detivemos pelo caminho. Aceleramos o passo, cada vez mais, à medida que o tempo fugia.

O sol atingiu o meio do céu, e as pombas arrulhavam à sombra. Folhas secas dançavam e rodopiavam no ar quente do meio-dia.

O menino pastor adormeceu sob a figueira-da-índia, sonhando, e eu me deitei junto à água, estendendo na relva meus membros cansados. Meus companheiros zombaram de mim, com desprezo; ergueram a cabeça e seguiram em frente; não olharam para trás, nem repousaram; desapareceram na névoa azul da distância. Atravessaram prados e colinas, e cruzaram terras estranhas e longínquas.

Honra a vós, ó heroico cortejo do caminho interminável! A zombaria e a censura me feriram, mas não encontraram resposta em mim. Entreguei-me por completo à doce humilhação, na sombra de um obscuro deleite.

O repouso da penumbra verde, bordada de sol, espalhou-se lentamente sobre meu coração. Esqueci o propósito da viagem, e deixei que minha mente se rendesse, sem resistência, ao labirinto de sombras e canções.

E, enfim, ao despertar do meu sono e abrir os olhos, vi que estavas ali, ao meu lado, inundando meu descanso com teu sorriso. E pensar que temi a longa estrada, e julguei penosa a jornada até ti!

49

Desceste do teu trono e vieste à porta do meu humilde abrigo.

Eu cantava sozinho num canto, e a melodia tocou teu ouvido. Desceste, então, e permaneceste à entrada da minha casa.

Mestres são muitos no teu salão, e canções ali ressoam sem parar. Mas foi o singelo hino deste aprendiz que alcançou teu coração. Um lamento suave, perdido na grande música do mundo, e, com uma flor como oferenda, vieste e detiveste teus passos à minha porta.

50

Eu seguia mendigando, de porta em porta, pelo caminho empoeirado do vilarejo, quando tua carruagem dourada surgiu ao longe, como um sonho magnífico, e eu me perguntei: quem seria esse Rei de todos os reis?

Meus anseios se elevaram, e pensei que meus dias de infortúnio haviam chegado ao fim. Fiquei ali, esperando receber esmolas que viriam sem que eu precisasse pedir, e ver riquezas espalhadas por todos os lados, na poeira do chão.

A carruagem parou bem diante de mim.

Teu olhar pousou sobre mim e tu desceste, sorrindo. Senti que, enfim, a sorte havia chegado em minha vida. Mas eis que, de súbito, estendeste tua mão e disseste: "O que tens para me dar?".

Ah! Que majestosa ironia, abrir a palma da tua mão a um outro pedinte! Confuso, hesitei...

Então, lentamente, tirei do meu alforje o menor grão de milho e te entreguei.

Mas quão grande foi meu espanto, ao fim do dia, quando esvaziei minha bolsa no chão e encontrei, entre o pobre montinho, um minúsculo grão de ouro.

Chorei amargamente, e desejei, com todo o meu ser, ter tido o coração de te dar tudo que eu possuía.

51

Anoiteceu. O trabalho do dia chegara ao fim. Pensamos que o último hóspede já havia se abrigado, e que as portas da aldeia estavam todas fechadas. Apenas alguns diziam: "O rei virá." Rimos, e dissemos: "Não, isso é impossível!"

Pareceu haver batidas à porta, mas dissemos que era apenas o vento. Apagamos as lamparinas e nos deitamos para dormir. Apenas alguns insistiram: "É o mensageiro!"

Rimos mais uma vez: "Não, é só o vento!"

Na calada da noite, um som foi ouvido.

Sonolentos, o tomamos por um trovão distante. A terra tremeu, as paredes estremeceram, e nosso sono foi perturbado. Apenas alguns disseram: "Ouçam! É o ruído das rodas!" Murmuramos, meio adormecidos: "Não, deve ser o rugido das nuvens."

A noite ainda era escura quando soaram os tambores. Uma voz clamou: "Desperta! Não te demores!" Pressionamos as mãos contra o peito e trememos de medo. Alguém gritou: "Eis ali a bandeira do rei!" Levantamos de um salto e bradamos: "Não há tempo a perder!"

O rei chegou... Mas onde estão as luzes? Onde as grinaldas? Onde o trono para assentá-lo? Ó, que vergonha! Vergonha profunda! Onde está o salão, onde os adornos? Alguém então disse: "É vã essa aflição. Saúda-o com as mãos vazias, e o conduz aos teus aposentos vazios". Abre as portas, que soem as trombetas!

Na profundeza da noite, chegou o rei da nossa casa sombria e triste. O trovão ruge nos céus, a escuridão se estremece com os relâmpagos. Pega tua esteira rasgada e estende-a no pátio! Pois com a tormenta, repentino e tremendo, chegou nosso rei da noite aterradora.

52

Pensei em te pedir, mas não me atrevi, a grinalda de rosas que adornava teu pescoço. Esperei pela manhã, quando partiste, e encontrei, sobre o leito, apenas alguns fragmentos. Como uma pedinte, procurei na aurora por uma pétala solta, um perfume esquecido.

Ai de mim, o que foi que encontrei? Que sinal restou do teu amor? Não é flor, nem especiaria, nem um vaso com água perfumada. É tua espada terrível, que reluz como chama, pesada como o trovão. A luz tênue da manhã entra pela janela e repousa sobre teu leito. O pássaro matutino canta e pergunta: "Mulher, que tens aí em tuas mãos?" Não, não é flor, nem perfume, nem vaso de cristal — é tua espada terrível.

Sento-me em silêncio, tomada de espanto. Que presente é este que me deixaste? Não sei onde escondê-lo. Envergonho-me de ostentá-lo, sou frágil demais, e me fere trazê-lo ao peito. Ainda assim, levarei no coração a honra de tamanha dor: este teu dom.

De agora em diante, não haverá mais medo para mim neste mundo. Em toda luta, tu serás a vitória em mim. Deixaste a morte como minha companheira, e eu a coroarei com minha vida. Tua espada está comigo para romper os grilhões, e o medo não habitará mais em mim.

Renuncio, desde já, a todos os adornos mesquinhos. Senhor do meu coração, não haverá mais esperas nem prantos em cantos sombrios, nem doçura tímida nos gestos. Tu me deste tua espada como adorno. Não quero mais enfeites de menina, minha única joia é esta dádiva de fogo.

53

Belo é teu bracelete, ornamentado de estrelas, cravejado com arte em miríades de joias cintilantes. Mas mais belo me é — teu gládio, com sua curva de relâmpago, como asas abertas de Vishnu, suspenso com perfeição na luz rubra e furiosa do entardecer. Ele estremece — como o último suspiro da vida, no êxtase da dor, ao golpe final da morte. Brilha — como a chama pura do ser, que consome, num só fulgor, todos os sentidos do mundo.

Belo é teu bracelete, adornado com pedras estelares — mas tua espada, ó senhor do trovão, é forjada na suprema beleza, terrível de se ver, mais terrível ainda de se imaginar.

54

Nada te pedi; nem mesmo pronunciei meu nome ao teu ouvido. Quando partiste, permaneci em silêncio. Eu estava só junto ao poço, onde a sombra da árvore se inclinava, e as mulheres já haviam partido para casa com seus jarros de barro, cheios até a borda.

Chamaram-me, gritaram: "Vem, a manhã já se faz meio-dia!". Mas permaneci ali, vagando, sonhadora, entre pensamentos fugidios.

Não ouvi teus passos ao te aproximares. Teus olhos estavam tristes ao pousarem em mim; tua voz era cansada quando sussurraste: "Ah, sou um viajante sedento". Despertei de meus devaneios, e, sem uma palavra, derramei a água do meu cântaro em tuas mãos em concha. As folhas farfalhavam sobre nossas cabeças; o cuco cantava na escuridão, e o perfume das flores de acácia vinha da curva da estrada.

Fiquei muda, tomada de vergonha, quando me chamaste pelo nome. De fato, o que eu havia feito para merecer tua lembrança? Mas a memória de ter-te dado água para saciar tua sede há de envolver meu coração como um doce véu.

A manhã se vai. O canto do pássaro é agora cansado, as folhas de *neem* estremecem ao vento, e eu me sento e penso... e torno a pensar.

55

A languidez pesa em teu coração, e o sono ainda vela teus olhos.

Acaso não ouviste? A flor resplandece em meio aos espinhos! Acorda, ó, desperta! Não deixes que o tempo escoe em vão!

No fim do caminho pedregoso, na terra da solidão virgem, meu amigo espera, sentado em completo silêncio. Não o engane com teu abandono. Acorda, ó, desperta!

Que importa se o céu ofega e estremece sob o fogo do sol a pino? Que importa se a areia ardente estende seu manto de sede? Não há alegria oculta nas profundezas do teu coração?

A cada passo teu, não fará a harpa do caminho ressoar em doce melodia de beleza e dor?

56

É assim que tua alegria em mim transborda. É assim que desceste e vieste até mim. Ó tu, Senhor de todos os céus — onde estaria teu amor, se eu não existisse?

Tomaste-me como companheiro de todas as tuas riquezas. Em meu coração, brinca sem fim a alegria da tua presença. Em minha vida, tua vontade toma forma a cada instante.

E por isso, tu, Rei dos reis, te adornaste de beleza para cativar meu coração. E por isso, teu amor se perde no amor do teu amante — e é nesse perfeito enlace que tu te revelas.

57

Luz, minha luz, luz que preenche o mundo, que beija os olhos, que adoça o coração!

Ah, a luz dança, meu amado, no centro da minha vida; a luz vibra, meu amado, nos acordes do meu amor. O céu se abre, o vento corre solto, e o riso percorre a terra.

As borboletas estendem suas velas sobre o mar de luz. Lírios e jasmins brotam nas cristas das ondas luminosas.

A luz se fragmenta em ouro sobre cada nuvem, meu amado, e espalha pedras preciosas em profusão. De folha em folha, meu amado, uma alegria sem medida se derrama. O rio dos céus transbordou suas margens— e a torrente de alegria corre livre pelo mundo.

58

Que todos os acordes da alegria se misturem em meu canto final — a alegria que faz a terra transbordar na exuberância selvagem dos campos, a alegria que põe a dançar, de mãos dadas, os irmãos gêmeos — a vida e a morte — sobre o vasto mundo. A alegria que irrompe com a tempestade, sacudindo e despertando toda vida com seu riso impetuoso; a alegria que se senta quieta, com lágrimas nos olhos, sobre o lótus rubro aberto da dor. E a alegria que lança tudo o que tem sobre o pó — e não conhece palavras.

59

Sim, eu sei — isto não é senão o teu amor, ó amado do meu coração — esta luz dourada que dança sobre as folhas, estas nuvens ociosas que vagam pelo céu, esta brisa passageira que deixa seu frescor em minha fonte.

A luz da manhã inundou meus olhos — é tua mensagem ao meu coração. Teu rosto se inclina lá do alto, teus olhos repousam nos meus, e meu coração toca teus pés.

60

Na praia dos mundos infinitos, as crianças se encontram. O céu sem fim permanece imóvel no alto, enquanto as águas inquietas se agitam. Na praia dos mundos infinitos, as crianças se encontram com gritarias e danças.

Constroem casas de areia, brincam com conchas vazias. Com folhas secas tecem seus barquinhos e, sorridentes, os lançam à vastidão do mar. As crianças brincam na praia dos mundos.

Não sabem nadar, não sabem lançar redes. Enquanto os pescadores mergulham em busca de pérolas, e os mercadores singram seus navios, as crianças colhem pedrinhas — e logo as espalham novamente. Não buscam tesouros ocultos, não conhecem os segredos das redes.

O mar se ergue em gargalhadas, e a praia cintila num pálido sorriso. Ondas fatais entoam baladas sem sentido para as crianças — como uma mãe que canta ao embalar o berço. O mar brinca com as crianças, e a praia cintila num pálido sorriso.

Na praia de mundos infinitos, as crianças se encontram. A tempestade vagueia pelo céu a esmo, os navios naufragam nas águas sem rumo, a morte ronda silenciosa — e as crianças brincam. Na praia dos mundos infinitos, acontece o grande encontro das crianças.

61

O sono que roça os olhos do bebê — alguém sabe de onde ele vem? Dizem que mora na aldeia das fadas, entre as sombras da floresta iluminadas por vaga-lumes, onde pendem dois tímidos botões de flores encantadas. É de lá que ele vem para beijar os olhos do bebê.

E o sorriso que tremula nos lábios do bebê quando ele dorme — alguém sabe como nasceu? Sim, dizem que um raio pálido da lua crescente tocou a borda de uma nuvem de outono que se desfazia, e ali o sorriso nasceu, no sonho de uma manhã lavada de orvalho — o sorriso que tremula nos lábios do bebê quando ele dorme.

E a doçura fresca e macia que floresce em seu pequenino corpo — onde esteve escondida por tanto tempo? Sim, quando a mãe ainda era menina, essa doçura morava em seu coração, no mistério terno e silencioso do amor — a doçura fresca e macia que agora floresce no corpo do bebê.

62

Quando te trago brinquedos coloridos, meu filho, então compreendo por que há tal jogo de cores nos céus, nas águas, e por que as flores são tingidas em mil matizes — quando te dou brinquedos coloridos, meu filho.

Quando canto para te fazer dançar, então entendo de verdade por que há música nas folhas, e por que as ondas enviam seu coro de vozes ao coração atento da terra — quando canto para te fazer dançar.

Quando trago doçuras para tuas mãos ávidas, então descubro por que há mel no cálice da flor, e por que os frutos se enchem, em segredo, de sumo doce — quando trago doçuras para tuas mãos ávidas.

Quando beijo teu rosto para te fazer sorrir, meu querido, então compreendo a alegria que a luz da manhã derrama do céu, e que delícia é essa que a brisa do verão traz ao meu corpo — quando te beijo para te fazer sorrir.

63

Tu me revelaste a amigos que eu não conhecia. Deste-me assento em lares que não eram meus. Trouxeste o distante para perto e fizeste do estranho um irmão.

Sinto uma inquietação no coração quando preciso deixar o abrigo habitual; esqueço que o antigo habita o novo, e que ali também tu estás.

Por nascimentos e mortes, neste mundo ou em outros, onde quer que me leves, és tu — o mesmo, o único companheiro de minha vida sem fim — quem une meu coração, com laços de alegria, ao que é desconhecido.

Quando alguém te conhece, já não há mais estrangeiros, nem portas fechadas. Concede-me, Senhor, esta dádiva: que eu jamais perca a graça do toque daquele que é um no jogo dos muitos.

64

Na encosta do rio deserto, entre as altas ervas, eu lhe perguntei: “Donzela, aonde vais, protegendo tua lâmpada com o manto? Minha casa está tão escura e solitária — empresta-me tua luz!"

Ela ergueu os olhos sombrios por um instante, fitando meu rosto entre as sombras. "Vim até o rio", disse ela, "para soltar minha chama na correnteza quando o dia se despede no oeste". Fiquei só, entre as altas ervas, e vi a tímida luz de sua lamparina inutilmente à deriva na maré.

No silêncio da noite que se adensava, perguntei: "Donzela, tuas luzes estão acesas — aonde vais agora com tua chama? Minha casa está tão escura e solitária — empresta-me tua luz!"

Ela ergueu os olhos para mim e por um momento hesitou, indecisa. "Vim", disse enfim, "oferecer minha lâmpada ao céu". Fiquei a olhar a luz ardendo inutilmente no vazio.

Na escuridão sem lua da meia-noite, perguntei: "Donzela, o que buscas segurando tua lâmpada junto ao peito? Minha casa está tão escura e solitária — empresta-me tua luz!"

Ela parou por um instante, pensou, e fitou meu rosto na escuridão. "Trouxe minha luz", disse, "para juntá-la ao cortejo das lâmpadas." E fiquei ali, imóvel, vendo sua pequena chama perder-se inutilmente entre tantas luzes.

65

Que bebida divina desejas, ó meu Deus, dessa taça transbordante que é a minha vida?

Ó meu Poeta, será tua alegria contemplar tua criação através dos meus olhos e, à soleira dos meus ouvidos, escutar em silêncio a própria harmonia eterna?

Teu mundo tece palavras em minha mente, e tua alegria as transforma em música. Tu te entregas a mim em amor — e então saboreias, em mim, toda a doçura de ti mesmo.

66

Ela, que sempre habitou as profundezas do meu ser, no crepúsculo de lampejos e vislumbres — ela, que jamais abriu seus véus à luz da manhã — será meu último presente para ti, ó meu Deus, envolvida na minha canção final.

As palavras a cortejaram — mas falharam em conquistá-la. A persuasão estendeu-lhe os braços ansiosos — em vão.

Vaguei de terra em terra, guardando-a nas profundezas do coração, em torno dela ergueram-se os ciclos da minha vida.

Sobre meus pensamentos e ações, meus sonhos e adormecimentos, ela reinava — mas sempre sozinha, sempre à parte.

Muitos bateram à minha porta e por ela perguntaram — todos partiram em desalento.

Jamais houve, neste mundo, quem visse sua face frente a frente. Ela permaneceu em sua solidão, esperando, em silêncio, pelo teu reconhecimento.

67

Tu és o céu — e tu és também o ninho.

Ó, tu, beleza infinita — é no ninho que teu amor envolve a alma com cores, sons e perfumes.

A manhã chega, com o cesto dourado em sua mão direita, trazendo a coroa da beleza para, em silêncio, coroar a terra.

E a tarde vem, sobre os campos solitários, abandonados pelos rebanhos, por trilhas invisíveis, trazendo em sua jarra de ouro o sopro fresco da paz, vindo do oceano ocidental do repouso.

Mas ali — onde o céu infinito se estende para o voo da alma reina a radiação pura e imaculada. Ali não há dia nem noite, nem forma, nem cor — e nunca, nunca, uma só palavra.

68

Teu raio de sol desce sobre esta minha terra com os braços estendidos, e permanece à minha porta o dia inteiro, para levar de volta aos teus pés nuvens feitas de minhas lágrimas, meus suspiros e minhas canções.

Com terno deleite, envolves em teu peito estrelado esse manto de nuvens nebulosas, dando-lhe formas e contornos incontáveis, tingindo-o com cores que mudam sem cessar.

É tão leve, tão fugaz, tão terno, choroso e sombrio — é por isso que o amas, ó tu, imaculado e sereno. E por isso ele pode velar tua terrível luz branca com suas sombras carregadas de ternura.

69

O mesmo fluxo da vida que corre em minhas veias, dia e noite, corre pelo mundo e dança em ritmos harmoniosos.

É a mesma vida que brota em júbilo na poeira da terra, em incontáveis gramíneas, e explode em ondas tumultuosas de folhas e flores.

É a mesma vida embalada no berço oceânico do nascimento e da morte, no vai e vem das marés.

Sinto que meus membros se tornaram gloriosos ao toque deste mundo pulsante de vida. E meu orgulho vem desse sopro ancestral — esse ritmo de séculos que dança agora no sangue do meu corpo.

70

Estará além de ti alegrar-te com a felicidade desse ritmo? Ser lançado, perdido, despedaçado no redemoinho dessa alegria terrível?

Todas as coisas avançam — não param, não olham para trás, nenhuma força as detém — avançam.

Aos passos dessa música inquieta e veloz, as estações dançam e passam— cores, melodias e perfumes jorram em cascatas intermináveis, na alegria transbordante que se espalha, se entrega e morre a cada instante.

71

Que eu me orgulhe de mim mesmo e me vire de todos os lados, lançando sombras coloridas sobre tua luz — tal é o teu *maya*.

Tu ergueste uma barreira dentro do teu próprio ser e então chamas a ti mesmo, dividido em uma miríade de vozes. Essa tua autofragmentação tomou forma em mim.

A canção pungente ecoa por todo o céu em lágrimas e sorrisos multicoloridos, em sobressaltos e esperanças; ondas se erguem e se desfazem, sonhos se despedaçam e renascem. Em mim habita a própria derrota de ti mesmo.

Essa tela que ergueste está pintada com figuras sem fim, traçadas com o pincel da noite e do dia. Por trás dela, teu trono é tecido em misteriosas curvas, desfazendo toda linha estéril da retidão.

O grande cortejo de ti e de mim cobre o céu. Com a melodia de ti e de mim, vibra todo o ar, e todas as eras passam no eterno esconder e buscar de ti em mim — e de mim em ti.

72

É ele — o mais íntimo — quem desperta meu ser com seus toques secretos e profundos.

É ele quem lança seu encanto sobre meus olhos e toca, com alegria, as cordas do meu coração, em cadências variadas de prazer e dor.

É ele quem tece a rede deste *maya* em tons efêmeros de dourado e prata, azul e verde — e, por entre as dobras, deixa entrever seus pés, ao toque dos quais esqueço de mim mesmo.

Os dias vêm, as eras passam — e é sempre ele quem move meu coração, sob mil nomes, mil formas, mil êxtases de alegria e de tristeza.

73

A libertação não está, para mim, na renúncia. Sinto o abraço da liberdade nos mil laços de deleite.

Tu sempre derramas para mim o cálice do teu vinho fresco de mil cores e fragrâncias, enchendo até a borda este vaso de barro que sou.

Meu mundo acenderá suas cem lâmpadas diferentes com tua chama e as colocará diante do altar do teu templo.

Não, jamais fecharei as portas dos meus sentidos. Os prazeres da visão, da audição e do toque carregarão contigo a tua alegria.

Sim — todas as minhas ilusões arderão na luz da alegria iluminada, e todos os meus desejos amadurecerão em frutos de amor.

74

O dia já se foi, a sombra repousa sobre a terra. É hora de ir ao riacho encher meu cântaro.

O ar da noite vibra com a música triste das águas. Ah, ele me chama para fora, para dentro do crepúsculo. No caminho solitário, não passa ninguém, o vento se levanta, e as ondas se agitam no rio.

Não sei se voltarei para casa. Não sei quem terei a sorte — ou o destino — de encontrar. Ali, na travessia, num pequeno barco, um homem desconhecido dedilha seu alaúde.

75

Tuas dádivas para nós, mortais, satisfazem todas as nossas necessidades; e, ainda assim, retornam a ti intactas.

O rio cumpre, dia após dia, sua tarefa pelos campos e vilarejos; mas seu curso incessante se curva, no fim, para lavar teus pés.

A flor perfuma o ar com sua essência; mas seu último gesto de serviço é oferecer-se a ti.

Tua adoração não empobrece o mundo. Das palavras do poeta, os homens extraem os significados que os agradam; e, ainda assim, todo significado último aponta para ti.

76

Dia após dia, ó Senhor da minha vida, estarei diante de ti, frente a frente? De mãos postas, ó Senhor de todos os mundos, estarei diante de ti, frente a frente?

Sob teu grande céu, na solidão e no silêncio, com o coração humilde, estarei diante de ti, frente a frente?

Neste teu mundo laborioso, tumultuado por lutas e labutas, entre multidões apressadas, estarei diante de ti, frente a frente?

E quando meu dever chegar ao fim neste mundo, ó Rei dos reis, sozinho e sem palavras, estarei diante de ti, frente a frente?

77

Eu te reconheço como meu Deus e permaneço à parte — não te conheço como meu, para então me aproximar. Reconheço-te como Pai e me inclino aos teus pés — mas não seguro tua mão como se fosses meu amigo.

Não me coloco onde tu desces e te declaras como meu, para ali te apertar ao peito e tomar-te por companheiro.

Tu és o Irmão entre meus irmãos, — mas não lhes dou ouvidos, não divido com eles o que ganho, e assim, não compartilho minha vida contigo.

Na alegria e na dor, não permaneço ao lado dos homens — e, por isso, não permaneço ao teu lado. Hesito em entregar minha vida — e assim não me lanço às vastas águas da existência.

78

Quando a criação era nova e todas as estrelas brilhavam em seu primeiro esplendor, os deuses se reuniram no céu e cantaram: "Ó, imagem da perfeição! Alegria sem mácula!"

Mas, de repente, um deles clamou: "Parece haver uma ruptura na corrente de luz — uma estrela se perdeu!"

A corda dourada da harpa se rompeu, o canto cessou, e todos exclamaram, consternados: "Sim, a estrela perdida era a mais bela — ela era a glória de todos os céus!"

Desde então, a busca não tem fim, e o clamor ecoa de um a outro: "Nela, o mundo perdeu sua única alegria!"

Apenas no mais profundo silêncio da noite, as estrelas sorriem e sussurram entre si: "Vã é essa busca — a perfeição intacta ainda resplandece sobre tudo!"

79

Se não me for dado encontrar-te nesta vida, então que eu sinta, para sempre, que perdi teu olhar — que eu não me esqueça, nem por um instante, e carregue a dor dessa ausência em meus sonhos e em minhas horas despertas.

Quando meus dias se escoarem no mercado agitado deste mundo, e minhas mãos se encherem dos lucros diários, que eu sinta, para sempre, que nada ganhei — que eu não me esqueça, nem por um instante, e carregue a dor dessa ausência em meus sonhos e em minhas horas despertas.

Quando me sentar à beira da estrada, cansado e ofegante, e estender minha cama sobre o pó da estrada, que eu sinta, para sempre, que a longa jornada ainda está adiante — que eu não me esqueça, nem por um instante, e carregue a dor dessa ausência em meus sonhos e em minhas horas despertas.

Quando meus aposentos estiverem adornados, quando soarem as flautas e o riso for alto, que eu sinta, para sempre, que não te convidei para minha casa — que eu não me esqueça, nem por um instante, e carregue a dor dessa ausência em meus sonhos e em minhas horas despertas.

80

Sou como o vestígio de uma nuvem de outono, vagando pelo céu. — ó meu sol eternamente glorioso! Teu toque ainda não dissipou minha névoa, fundindo-me à tua luz — e assim, sigo errante, contando meses e anos, separado de ti. Se este é teu desejo, se este é teu jogo, então toma esta minha leveza fugidia, adorna-a de cores, reveste-a de ouro, lança-a ao vento brincalhão e espalha-a em maravilhas sem fim.

E quando, à noite, quiseres dar fim a essa brincadeira, que eu me dissolva e desapareça na escuridão — ou talvez no sorriso da manhã alva, no frescor dessa pureza translúcida.

81

Em tantos dias ociosos, lamentei o tempo perdido. Mas ele nunca se perde, meu Senhor. Tu guardaste cada instante da minha vida em tuas próprias mãos.

Escondido no coração das coisas, tu fazes germinar as sementes, brotar os botões e amadurecer frutos em plenitude.

Eu estava cansado, adormecido no leito da inércia, e imaginava que todo o trabalho havia cessado.

Mas, ao despertar pela manhã, encontrei meu jardim repleto de maravilhas em flor.

82

O tempo é infinito em tuas mãos, meu Senhor. Não há quem conte teus minutos.

Dias e noites passam, eras florescem e murcham como flores. Tu sabes esperar.

Teus séculos se sucedem para aperfeiçoar uma simples flor silvestre. Nós, porém, não temos tempo a perder e, por isso, nos lançamos às pressas atrás das ocasiões. Somos pobres demais para nos atrasarmos.

E assim o tempo se esvai, enquanto o dou a cada homem que o exige em queixas, e teu altar permanece vazio de oferendas até o fim.

Ao cair do dia, corro apressado, temendo encontrar teu portão fechado — mas descubro, então, que ainda há tempo.

83

Mãe, tecerei um colar de pérolas para teu colo com minhas lágrimas de dor.

As estrelas forjaram tornozeleiras de luz para enfeitar teus pés, mas minhas pérolas penderão sobre teu peito.

A riqueza e a glória vêm de ti — és tu quem as concede ou recusa. Mas esta minha dor é só minha, toda minha. E quando a levo a ti como oferenda, tu me recompensas com tua graça.

84

É a dor da separação que se espalha pelo mundo e dá à luz formas incontáveis no céu infinito.

É essa tristeza do afastamento que vigia, em silêncio, de estrela a estrela por toda a noite e se faz lírica entre as folhas sussurrantes na escuridão chuvosa de julho.

É essa dor que se espraia e se aprofunda em amores e desejos, em sofrimentos e alegrias nos lares humanos. E é ela que sempre se dissolve e flui em canções por entre as fibras do meu coração de poeta.

85

Quando os guerreiros partiram, pela primeira vez, do salão de seu mestre — onde haviam escondido sua força? Onde estavam suas armaduras e armas?

Pareciam pobres e indefesos, e as flechas choviam sobre eles no dia em que deixaram o salão de seu mestre.

Quando os guerreiros voltaram, enfim, ao salão de seu mestre — onde esconderam sua força?

Haviam deixado cair a espada, o arco e a flecha; a paz repousava em suas frontes, e haviam deixado os frutos da vida para trás no dia em que voltaram ao salão de seu mestre.

86

Morte, teu servo está à minha porta. Cruzou o mar do desconhecido e trouxe teu chamado até minha casa.

A noite é escura, e meu coração, tomado de temor — ainda assim, erguerei a lâmpada, abrirei meus portões e o receberei com uma reverência. É teu mensageiro que está à minha porta.

Hei de cultuá-lo com as mãos postas e com lágrimas nos olhos. Hei de adorá-lo, depositando aos seus pés o tesouro do meu coração.

Ele partirá, tendo cumprido sua missão, e deixará uma sombra escura sobre minha manhã. E, em minha casa desolada, apenas este meu eu solitário restará, como minha última oferenda a ti.

87

Em desesperada esperança, vou vasculhando cada canto do meu quarto em busca dela — mas não a encontro.

Minha casa é pequena, e o que dela se vai jamais pode ser recuperado.

Mas infinita é tua morada, meu Senhor, e, ao buscá-la, cheguei até tua porta.

Estou sob o dossel dourado de teu céu ao entardecer e ergo meus olhos sedentos para tua face.

Cheguei à beira da eternidade — onde nada se perde: nem a esperança, nem a alegria, nem a visão de um rosto entre lágrimas.

Ó, mergulha minha vida vazia nesse oceano, lança-a no mais profundo da plenitude. Deixa-me, ao menos uma vez, sentir aquele doce toque perdido na totalidade do universo.

88

Divindade do templo em ruínas! As cordas partidas da vina já não entoam teu louvor. Os sinos da tarde não mais anunciam tua hora de culto. O ar, em torno de ti, permanece quieto e silencioso.

Em tua morada desolada sopra a brisa errante da primavera. Ela traz notícias das flores — flores que já não são oferecidas em teu altar.

Teu antigo adorador ainda vagueia, ansiando por uma graça que continua a lhe ser negada. Ao entardecer, quando fogo e sombra se misturam à poeira e à escuridão, ele retorna, cansado, ao templo em ruínas, com fome no coração.

Muitos dias festivos chegam até ti em silêncio, ó divindade do templo esquecido. Muitas noites de adoração se vão com a lâmpada apagada.

Muitas novas imagens são moldadas por mãos de arte engenhosa e, ao fim de seus dias, são levadas ao sagrado rio do esquecimento.

Somente a divindade do templo em ruínas permanece sem adoração, no abandono imortal.

89

Chega de palavras ruidosas de minha parte — assim quer meu Senhor. De agora em diante, falarei em sussurros. A voz do meu coração há de dizer no murmúrio de um canto.

Os homens correm ao mercado do Rei. Ali estão todos que compram e vendem. Mas eu recebi meu chamado fora de hora, no meio do dia, em pleno trabalho.

Pois que venham, então, as flores do meu jardim, ainda que fora de tempo; e que as abelhas do meio-dia soltem seu zumbido preguiçoso.

Gastei incontáveis horas na luta entre o bem e o mal — mas agora, o prazer do meu companheiro dos dias vazios é atrair meu coração para junto dele. E eu ignoro por que razão me chama, de súbito, para essa inútil leveza do ser!

90

No dia em que a morte bater à tua porta, o que lhe oferecerás?

Ah, eu colocarei diante de minha hóspede o cálice transbordante da minha vida — não a deixarei partir de mãos vazias.

Todo o doce vinho dos meus dias de outono e das noites de verão, tudo o que colhi e conquistei ao longo de meus dias laboriosos, colocarei diante dela, no crepúsculo da vida, quando a morte bater à minha porta.

91

Ó tu, derradeiro cumprimento da vida, Morte, minha morte, vem e sussurra ao meu ouvido! Dia após dia, vigiei tua vinda; por ti suportei as alegrias e as dores da vida.

Tudo o que sou, tudo o que tenho, tudo o que espero — e todo o meu amor — sempre fluíram em segredo na tua direção. Um último olhar dos teus olhos, e minha vida será para sempre tua.

As flores foram entrelaçadas, e a grinalda está pronta para o noivo. Após as núpcias, a noiva deixará sua casa e encontrará seu amado, a sós, na solidão da noite.

92

Sei que chegará o dia em que minha visão da terra se perderá, e a vida se despedirá em silêncio, baixando a última cortina sobre meus olhos.

Ainda assim, as estrelas vigiarão a noite, e a manhã nascerá como sempre, e as horas se levantarão como ondas do mar, trazendo prazeres e dores à tona.

Quando penso no fim dos meus dias, a barreira do tempo se rompe, e à luz da morte eu contemplo teu mundo — com seus tesouros esquecidos. Raro é o mais humilde de teus abrigos, rara é a mais ínfima das vidas.

As coisas que desejei em vão, e as que conquistei — deixo que passem. Permite apenas que eu possua, de verdade, aquilo que sempre desprezei e ignorei.

93

Recebi meu chamado. Despeçam-se de mim, meus irmãos! Curvo-me diante de todos vocês e tomo meu caminho.

Aqui devolvo as chaves da minha porta e abdico de qualquer direito sobre a minha casa. Peço apenas as suas gentis palavras de despedida.

Fomos vizinhos por tanto tempo, e recebi mais do que pude dar. Agora o dia amanheceu, e a lâmpada que iluminava meu canto escuro se apagou. Chegou o chamado, e estou pronto para a jornada.

94

No momento de minha partida, desejem-me boa sorte, meus amigos! O céu se tinge com o rubor da aurora, e meu caminho se abre em beleza.

Não perguntem o que levo comigo. Inicio minha jornada de mãos vazias e coração esperançoso.

Colocarei minha grinalda de núpcias. Não uso o manto empoeirado dos viajantes, e, embora haja perigos no caminho, nenhum medo habita minha alma.

A estrela da tarde surgirá quando minha viagem estiver concluída, e soarão, no portal do Rei, as notas tristes das melodias do crepúsculo.

95

Eu não percebi o instante em que, pela primeira vez, cruzei o limiar desta vida. Que força foi essa que me fez desabrochar para este vasto mistério, como um botão na floresta à meia-noite?

Quando, pela manhã, contemplei a luz, senti, num só instante, que não era um estranho neste mundo — que o insondável, sem nome nem forma, me acolhera nos braços sob a figura de minha própria mãe.

Assim também, na morte, o mesmo desconhecido se revelará familiar, como sempre foi. E porque amo esta vida, sei que amarei também a morte.

A criança chora quando é retirada do seio direito da mãe — apenas para, no instante seguinte, encontrar consolo no seio esquerdo.

96

Quando eu partir, que estas sejam minhas palavras de despedida: o que vi é inigualável.

Provei do mel oculto desta flor de lótus, que se abre sobre o oceano de luz — e, por isso, sou abençoado: que estas sejam minhas palavras de despedida.

Neste palco de formas infinitas, tive meu papel — e aqui vislumbrei Aquele que é sem forma. Todo o meu corpo, cada um de meus membros, estremeceu ao toque Daquele que está além de todo toque.

E se o fim chegar, que venha — que estas sejam minhas palavras de despedida.

97

Quando eu brincava contigo, jamais perguntei quem eras. Não conhecia timidez nem medo — minha vida era agitada.

Bem cedo, pela manhã, tu me chamavas do sono como meu próprio companheiro, e me levavas correndo de clareira em clareira.

Naqueles dias, eu não me importava em compreender o significado das canções que me cantavas. Apenas minha voz seguia as melodias, e meu coração dançava ao compasso de seu ritmo.

Agora que findou o tempo da brincadeira, que visão súbita é esta que me vem? O mundo, com os olhos voltados para os teus pés, permanece em reverência, sob o silêncio das estrelas.

98

Hei de te adornar com troféus — grinaldas da minha derrota. Nunca esteve em meu poder partir sem ser vencido.

Sei, com certeza, que meu orgulho ruirá, minha vida se romperá em dores intensas, e meu coração vazio soluçará em música, como um caniço oco, e a pedra se dissolverá em lágrimas.

Sei, com certeza, que as cem pétalas do lótus não permanecerão fechadas para sempre — e o recanto secreto de seu néctar será revelado.

Do céu azul, um olhar me contemplará e me chamará em silêncio. Nada me restará — absolutamente nada. E a morte completa será minha oferenda aos teus pés.

99

Quando eu soltar o leme, saberei que chegou o momento de tu o tomares. O que há de ser feito, será feito sem demora. Vã é esta luta.

Então, retira tuas mãos e aceita em silêncio tua derrota, meu coração — e considera uma benção permanecer imóvel onde estás.

Estas minhas lâmpadas se apagam a cada leve sopro do vento, e, ao tentar acendê-las, esqueço de tudo, infinitas vezes.

Mas desta vez serei sábio e esperarei na escuridão, estendendo minha esteira no chão. E quando for teu desejo, meu Senhor, vem em silêncio e toma teu lugar aqui.

100

Mergulho nas profundezas do oceano de formas, na esperança de encontrar a pérola perfeita daquele que é sem forma.

Não mais navegarei de porto em porto com este meu barco desgastado pelo tempo. Já se foram os dias em que meu prazer era ser lançado às ondas.

Agora anseio mergulhar no que é eterno.

Na sala de audiência, à beira do abismo insondável, onde ressoa a música de cordas sem som, tomarei em minhas mãos esta harpa da minha vida.

Hei de afiná-la pelas notas do eterno e, quando tiver sussurrado sua última melodia, depositarei minha harpa silenciosa aos pés do Silêncio.

101

Por toda a minha vida te busquei com minhas canções. Foram elas que me levaram de porta em porta, e com elas, explorei o mundo ao meu redor — tocando-o e sentindo-o.

Foram minhas canções que me ensinaram tudo o que aprendi; elas me mostraram caminhos secretos e trouxeram diante de meus olhos muitas estrelas no horizonte do meu coração.

Guiaram-me ao longo do dia pelos mistérios da terra do prazer e da dor e, por fim, a que portão de palácio me conduziram, ao entardecer, no final da minha jornada?

102

Vangloriei-me entre os homens de ter te conhecido. Eles veem tua imagem em todas as minhas obras. Vêm até mim e perguntam: "Quem é ele?". Não sei como responder. Digo: "Na verdade, não posso dizer". Eles me censuram e se afastam com desdém. E tu permaneces ali, sorrindo.

Verti minhas histórias sobre ti em cantos eternos. O segredo transbordou do meu coração. Eles vêm e me perguntam: "Diz-nos o que tudo isso significa". E eu não sei como responder. Apenas digo: "Ah, quem saberia o significado de tudo isso?". Eles sorriem e vão embora, cheios de desprezo. E tu permaneces ali, sorrindo.

103

Numa saudação a ti, meu Deus, que todos os meus sentidos se estendam e toquem este mundo aos teus pés.

Como a nuvem de julho, carregada de chuvas, que meu espírito se curve à tua porta numa única saudação a ti.

Que todos os meus cantos, com suas melodias diversas, reúnam-se num só acorde e deságuem num oceano de silêncio, numa única saudação a ti.

Como um bando de garças saudosas do ninho, voando noite e dia rumo às montanhas, que toda a minha vida siga sua jornada rumo à morada eterna numa única saudação a ti.

Os poemas desta edição foram retirados de três livros: *Naivedya*, *Kheya* e *Gitanjali*, todos disponíveis na Indian Publishing House, em Calcutá; e de alguns poemas que apareceram apenas em periódicos.

Posfácio*

Se o tempo não me faltasse, talvez me faltasse o coração diante da imensidão dos grandes livros da Índia antiga; diante dessa literatura sobre a qual Paul de Saint-Victor escreveu, com destreza, que "o desregramento é a regra". "Entre o espírito europeu e o da Índia", dizia ele ainda, "erguem-se cem milhões de deuses monstruosos."

O que admiro em *Gitanjali* é, antes de tudo, sua concisão. O que admiro em *Gitanjali* é que não se ancora na mitologia. O que admiro em *Gitanjali* é que não exige qualquer preparação para ser lido. Sem dúvida, pode ser interessante observar como este livro se insere nas tradições da antiga Índia; mas é ainda mais fascinante perceber como ele nos fala diretamente.

Desejando reservar apenas elogios, permito-me, antes, apontar a falha mais evidente deste livro: por

* Texto de André Gide para a edição francesa de *Gitanjali*, publicada pela *Nouvelle Revue Française* em 1917. (N. T.)

menor que seja, é mal estruturado. Não digo que se desvie dos ritmos ocidentais, das métricas ou das medidas. Não, mas uma nota discreta, impressa ao final do volume, nos previne: *Gitanjali* é composto de fragmentos — fragmentos díspares. Os diversos poemas que o integram foram publicados originalmente em bengali, distribuídos por três livros distintos: *Naivedya*, *Kheya* e *Gitanjali*, este último emprestando seu título à coletânea. Outros versos, surgidos aqui e ali em revistas, estão dispersos ao longo do livro, entremeados quase ao acaso, interrompendo sequências e confundindo a mente como que de propósito.

De modo que essa nota sequer era necessária para evidenciar a heterogeneidade de *Gitanjali*; ela salta aos olhos — a princípio, talvez cause estranhamento, mas depois, quem sabe, acabe por divertir.

Gosto da ideia de que o autor tenha sido, ao que parece, pego de surpresa. Aos 54 anos, a pedido de alguns amigos, ele — tão célebre às margens do Ganges — decide oferecer uma versão em inglês de seus poemas. E eis que percebe não ter material suficiente para preencher um volume de uma só vez.

Não é curioso ver, pela primeira vez, a vasta corrente literária da Índia precisar de três, quatro, cinco tentativas para preencher a taça modesta que lhe estende o editor inglês?

Depois dos 214.778 versos do *Mahabharata* e dos 48 mil versos do *Ramayana*, que alívio! Ah, como agradeço à Índia, graças a Rabindranath Tagore, por finalmente pecar pela falta — e quanto ganhamos com essa troca da extensão pela qualidade, do peso por quantidade pelo peso por densidade. Pois, entre os 103 breves poemas que compõem *Gitanjali*, quase todos possuem um peso admirável.

Retorno à sua diversidade. Mas, como meu desejo é reduzi-la cada vez mais, afastando aos poucos os elementos externos até chegar ao cerne do livro, ao seu coração requintado, direi primeiro algumas palavras sobre os outros escritos de Tagore.

Desde o surgimento de *Gitanjali*, outros dois volumes de poemas foram publicados. Um deles, *The Crescent Moon* [A Lua Crescente], é uma coletânea de peças infantis ou sobre crianças. Nele, reencontramos três poemas de *Gitanjali* — não os melhores, mas justamente aqueles que, mais recentemente, têm sido os mais citados (poemas 60, 61 e 62).

Outro volume, *The Gardener* [O Jardineiro], foi publicado em novembro passado. Trata-se de uma série de poemas que, se não pertencem exatamente à juventude do autor, ao menos pertencem a um período muito anterior — como afirma o prefácio — àquele de *Gitanjali*.

A coletânea é bastante desigual; contudo, entre algumas peças menos marcantes, brilham certos poemas de amor — não o amor divino dos mais belos versos de *Gitanjali*, mas um amor humano, carnal até, eu diria — ainda que permeado por uma qualidade quase mística, tão singular que não resisto ao prazer de citar um para vocês:

> *Aperto tuas mãos; pressionando-as contra meu peito, tentando inundar meus braços com tua beleza, saquear com meus beijos teu sorriso, beber com meus olhos a doçura do teu olhar.*
>
> *Ai de mim! Onde está tudo isso? Quem ousaria capturar o azul do céu em suas mãos?*
>
> *Tento abraçar a beleza, mas ela me escapa, deixando apenas o corpo em meus braços, uma ausência perfumada que se desfaz entre os dedos.*
>
> *Confuso e exausto, desfaleço em silêncio. Como poderia o corpo tocar a flor que apenas a alma sabe alcançar?*

Outros poemas deste livro possuem um estilo bastante distinto. São consideravelmente mais longos e, em vez de expressarem a emoção diretamente, afastam-na de nós, colocando-a sobre uma espécie de palco, onde é representada e interpretada ao longo de uma narrativa leve e, por vezes, até dialogada. Alguns dos poemas de *Gitanjali* — sem dúvida, os menos bem-sucedidos — ainda derivam dessa fonte, que, confesso, nem sempre me agrada. Essa transposição da sabedoria ou da emoção para pequenos apólogos nem sempre é feliz. Alguns, infelizmente, evocam de imediato os contos do Cônego Schmidt.

A essa série acrescentam-se, por exemplo, os poemas 61 e 31, assim como uma parte enigmática em que se discorre sobre guerreiros, armaduras e flechas — um trecho algo deslocado, inserido nesta coleção sem motivo aparente (talvez apenas para ampliar o volume). Não veria com pesar sua retirada.

Em contrapartida, não me separaria com facilidade dos dois apólogos que seguem (78 e 50):

> *Quando a criação era nova e todas as estrelas brilhavam em seu primeiro esplendor, os deuses se reuniram no céu e cantaram: "Ó, imagem da perfeição! Alegria sem mácula!"*
>
> *Mas, de repente, um deles clamou: "Parece haver uma ruptura na corrente de luz — uma estrela se perdeu!"*
>
> *A corda dourada da harpa se rompeu, o canto cessou, e todos exclamaram, consternados: "Sim, a estrela perdida era a mais bela — ela era a glória de todos os céus!"*

Desde então, a busca não tem fim, e o clamor ecoa de um a outro: "Nela, o mundo perdeu sua única alegria!"

Apenas no mais profundo silêncio da noite, as estrelas sorriem e sussurram entre si: "Vã é essa busca — a perfeição intacta ainda resplandece sobre tudo!"

O politeísmo sugerido por este poema — único em *Gitanjali* — surpreende à primeira vista. Um politeísmo aparente, não real. Mas talvez não cause espanto àqueles que se recordam da admirável estrofe do *Rig-Veda*, o mais velho livro da Índia antiga, escrito numa língua que ainda não era o sânscrito.

> Quem conhece tais mistérios? Quem ousa falar deles? De onde brotam os seres? Qual é a essência da Criação? Até os deuses foram gerados por Ele — mas Ele... quem sabe como existe?

Eis o segundo apólogo:

Eu seguia mendigando, de porta em porta, pelo caminho empoeirado do vilarejo, quando tua carruagem dourada surgiu ao longe, como um sonho magnífico, e eu me perguntei: quem seria esse Rei de todos os reis?

Meus anseios se elevaram, e pensei que meus dias de infortúnio haviam chegado ao fim. Fiquei ali, esperando receber esmolas que viriam sem que eu precisasse pedir, e ver riquezas espalhadas por todos os lados, na poeira do chão.

A carruagem parou bem diante de mim. Teu olhar pousou sobre mim e tu desceste, sorrindo. Senti que, enfim, a sorte havia chegado em minha vida. Mas eis que, de súbito, estendeste tua mão e disseste: "O que tens para me dar?"

Ah! Que majestosa ironia, abrir a palma da tua mão a um outro pedinte! Confuso, hesitei...

Então, lentamente, tirei do meu alforje o menor grão de milho e te entreguei.

Mas quão grande foi meu espanto, ao fim do dia, quando esvaziei minha bolsa no chão e encontrei, entre o pobre montinho, um minúsculo grão de ouro. Chorei amargamente, e desejei, com todo o meu ser, ter tido o coração de te dar tudo que eu possuía.

Esse poema, por outro lado, se relaciona a uma longa sequência sobre a qual ainda falarei — uma sequência que poderia ser destacada de *Gitanjali*, assim como se poderia separar do *Buch der Lieder*, [Livro dos Cantos], de Heine, a série de *Heimkehr* ou o *Lyrisches Intermezzo*. Ela poderia, sem dificuldade, receber um título reminiscente da poesia de Musset — *L'espoir en Dieu* [A esperança em Deus] — ou, mais apropriadamente, *L'attente de Dieu* [A espera de Deus].

Parece tratar-se da transposição para poemas, em forma de canções, da adaptação de um dos dois dramas de Tagore. O primeiro, escrito na juventude, foi inspirado no *Mahabharata*; o segundo — que nos interessa e parece compartilhar da mesma inspiração desta sequência de poemas — tem uma aparência moderna. Chama-se *The Post-Office* [O Correio]. Nele, uma criança doente vive sustentada pela ansiosa esperança de receber uma carta do rei. Sentada à janela, ela conversa com os transeuntes, que, a princípio, lhe respondem sem muito interesse. Mas logo o diálogo infantil dissipa suas preocupações, sem que eles percebam exatamente como, e acabam por partir reconfortados. A carta que a criança espera deve chegar — sempre deve chegar — mas nunca chega. No entanto, quando sua morte se aproxima, o rei finalmente se apresenta diante dela. Ele não diz quem é, mas a criança o reconhece.

Podemos facilmente imaginar o pequeno poema a seguir, escrito como que à margem desse estranho drama.

Eis o meu prazer: esperar e velar à beira do caminho, onde a sombra persegue a luz e a chuva segue o verão.

Mensageiros, com notícias de céus desconhecidos, saúdam-me e seguem adiante pela estrada.

Meu coração se alegra por dentro, e o sopro da brisa passageira é doce.

Desde a aurora até o crepúsculo, sento-me aqui, diante da porta, sabendo que, de súbito, o momento feliz chegará, e eu verei.

Enquanto isso, sorrio e canto sozinho. Enquanto isso, o ar se enche com o perfume da promessa.

Na sequência de poemas da qual este faz parte, todas as formas de espera — ou melhor, todos os modos de esperar — são expressos. Algumas estrofes vibram com uma sonoridade intimista que me remete, por sua vez, a uma melodia de Schumann ou a uma ária das Cantatas de Bach (40, 45, 46 e 47). Por vezes, a espera quase se assemelha a um anseio amoroso; mas logo retorna à sua natureza profundamente mística (41).

Em alguns desses poemas, um pronome feminino surge de repente, revelando que é uma mulher quem fala. No entanto, como nada indica com clareza onde começa e onde termina essa sequência — e, em inglês, o gênero e o sexo da voz em primeira pessoa podem permanecer ocultos por mais tempo do que em francês, onde os acordos gramaticais são mais numerosos —, o tradutor, por vezes, se vê em apuros. A verdade é que, aqui, o canto é da própria alma — e a alma não tem sexo.

Logo ao amanhecer, sussurrou-se que partiríamos num barco, só tu e eu, e que ninguém no mundo saberia dessa nossa peregrinação, sem destino nem chegada, rumo a país nenhum.

No oceano sem margens, ao teu sorriso que escuta em silêncio, minhas canções se ergueriam em melodias, livres como as ondas, livres de toda prisão das palavras.

Ainda não chegou a hora? Ainda há tarefas por cumprir? Vê: o crepúsculo repousa sobre a praia, e, na luz que se desfaz, as aves marinhas voam de volta aos seus ninhos.

Quem saberá quando cairão as correntes, e o barco, como o último fulgor do poente, desaparecerá na noite?

Porque compreendeis bem que a viagem mencionada aqui é, antes de tudo, uma viagem mística — ou talvez aquela mesma que levou Baudelaire a dizer: "Ô Mort, vieux capitaine, il est le temps! Levons l'ancre!".* E que, em um sentimento pouco baudelairiano, em breve inspirará a Tagore seus cantos mais estranhos e belos.

Agora, estamos próximos do cerne do livro. Após afastar as peças ao redor, quase nada me resta além dos poemas de despedida da vida — exceto

---

* "Ó Morte, velho capitão, é chegada a hora! Vamos levantar âncora!", em tradução livre. (N. T.)

os poemas metafísicos. No entanto, antes de falar destes, quero ainda ler dois hinos à luz — tão belos que não podem ser esquecidos. Embora separados no volume, parece natural aproximá-los.

Luz, ó, onde está a luz? Acenda-a com o fogo ardente do desejo!

A lâmpada está ali, mas nem sequer um tremeluzir de chama — é esse, meu coração, o teu destino? Ah, a morte te seria menos cruel!

A miséria bate à tua porta. Traz a mensagem de que teu Senhor está desperto, e te chama ao encontro do amor, através da escuridão da noite.

O céu está coberto de nuvens, a chuva é incessante. Não sei o que se agita em mim, não sei seu significado.

Um relâmpago por um instante rasga as trevas, mas logo arrasta sobre meus olhos uma escuridão ainda mais funda. E meu coração tateia o caminho até onde me chama a música da noite.

Luz, ó, onde está a luz? Acende-a com o fogo ardente do desejo! Troveja, e o vento ruge, gritando através do vazio. A noite é negra como pedra negra. Não deixes que as horas se escoem na escuridão. Acende a lâmpada do amor com tua própria vida.

Certamente, essas duas partes dialogam. Digo que é natural aproximá-las — mas não; cada uma está exatamente onde deve estar. A primeira, ainda tomada pela angústia, integra-se aos poemas da alma inquieta, atenta e apaixonada — da alma que ainda busca Deus como se ele estivesse aquém das aparências e que, portanto, não alcançou a comunhão perfeita. A segunda, ao contrário, é o canto triunfante da alma exultante, transbordante em Deus.

Qual é o segredo dessa alegria vibrante, que flui e cintila como a água, que brilha e aquece como o dia? Qual é essa verdade que, ao mesmo tempo, nutre e inebria a alma? Seria o fruto da filosofia dos brâmanes? O culto a Vishnu? Não — é o *amor* por essa filosofia, o *amor* por essa religião. Pois, como ele afirma na introdução do livro que reúne suas lições: "Para os ocidentais que estudam os veneráveis textos religiosos da Índia, esses textos parecem ter apenas um interesse puramente retrospectivo e arqueológico; mas para nós, eles têm uma importância vital".

O que admiro aqui, o que me enche de lágrimas e risos, é a animação apaixonada dessa poesia, que transforma o ensinamento bramânico, por vezes tão intelectual, tão abstrato — em algo vibrante, palpitante, como uma frase do *Mystère de Jésus* [Mistério de Jesus], de Pascal —, mas aqui transbordando de alegria.

Que todos os acordes da alegria se misturem em meu canto final — a alegria que faz a terra transbordar na exuberância selvagem dos campos, a alegria que põe a dançar, de mãos dadas, os irmãos gêmeos — a vida e a morte — sobre o vasto mundo.

A alegria que irrompe com a tempestade, sacudindo e despertando toda vida com seu riso impetuoso; a alegria que se senta quieta, com lágrimas nos olhos, sobre o lótus rubro aberto da dor. E a alegria que lança tudo o que tem sobre o pó — e não conhece palavras.

Essa alegria surge de maneira inteiramente natural do sentimento da vida universal, da consciência de participar dela.

O mesmo fluxo da vida que corre em minhas veias, dia e noite, corre pelo mundo, e dança em ritmos harmoniosos.

É a mesma vida que brota em júbilo na poeira da terra, em incontáveis gramíneas, e explode em ondas tumultuosas de folhas e flores.

É a mesma vida embalada no berço oceânico do nascimento e da morte, no vai e vem das marés.

Sinto que meus membros se tornaram gloriosos ao toque deste mundo pulsante de vida. E meu orgulho vem desse sopro ancestral — esse ritmo de séculos que dança agora no sangue do meu corpo.

E, a princípio, percebemos apenas um sentimento quase panteísta — aquele cuja expressão admirável já encontramos no monólogo do despertar que abre o segundo volume de *Fausto*:

> As pulsações da vida batem com nova vivacidade para saudar, em reverência, a aurora etérea. Tu também, ó Terra, permaneceste a mesma nesta noite e agora respiras, renovada e fresca, aos meus pés, começando já a me envolver em volúpia. Despertas em mim, excitas-me, infundindo uma poderosa resolução de seguir sempre em busca da existência mais elevada [...]

Além disso, o próprio Fausto, ao final desse monólogo, ao contemplar a cachoeira que desce da montanha, dirá:

> De queda em queda, ela rola, espalhando-se a cada instante em mil correntes, lançando ao ar espuma sobre espuma, que silva alto no vazio. Mas com que majestade, emergindo dessa tempestade, arqueia-se a efêmera duração do arco-íris — suas cores variadas ora nitidamente delineadas, ora se dissolvendo no ar, espalhando ao redor uma névoa fresca e vaporosa! Eis aqui o espelho da energia humana. Reflete sobre isso, e compreenderás com mais clareza: esse reflexo colorido nos representa a vida.

E é quase isso — esse reflexo colorido — que a filosofia hindu chamará *maya*. Mas a alegria que Tagore ensina, ele a encontra justamente além do *maya*; enquanto buscava seu Deus aquém do reflexo colorido, da cortina móvel dos fenômenos, sua alma permanecia sedenta.

> *No dia em que o lótus floresceu, ai de mim, minha mente vagava distante, e eu não percebi. Minha cesta estava vazia, e a flor permaneceu esquecida.*
>
> *De tempos em tempos, apenas, uma tristeza caía sobre mim, e eu despertava do meu sonho, sentindo no vento do sul o vestígio sutil de uma fragrância desconhecida.*
>
> *Essa doçura vaga fazia meu coração doer de anseio, e parecia-me o sopro ansioso do verão buscando sua plenitude.*
>
> *Eu não sabia, então, que estava tão perto, que era meu, e que essa doçura perfeita havia florescido nas profundezas do meu próprio coração.*

Mesmo que eu fosse mais qualificado para isso, não ousaria expor, por mais resumidamente que fosse, a filosofia de Tagore — ainda mais porque ele próprio se defende de trazer qualquer mudança ou inovação à filosofia dos *Upanishads*, que, portanto, nada tem de novo. Mas não é essa filosofia que admiro aqui; o que me encanta é a emoção que a anima e a arte requintada com que Tagore a expressa.

Tagore sabe que Deus precisa dele. Ele se compara, nas mãos divinas, àquela flauta de bambu que, como poeta, anima com seu sopro. "Meu poeta", ele diz a Deus, ou ainda "Mestre poeta", pois vê nesse mestre poeta a fonte de onde ele próprio — de onde o homem — é a poesia viva. "Permite apenas que eu faça da minha vida algo simples e puro, como uma flauta de bambu, para que tu a preenchas de música", diz ele.

É através de sua criação, é em sua criatura que Deus toma consciência de si mesmo. Que ele, Tagore, seja a consciência de Deus, que ele *é* a consciência de Deus — eis o pensamento que anima seus poemas mais perfeitos (56 e 65). Perfeitos são aqueles em que *maya* se define, se explica e se entreabre, deixando entrever o próprio coração da sabedoria (71 ou 68).

Nas lições de Tagore, reunidas no volume intitulado *Sadhana*, há mais de uma passagem que pode servir de comentário a esses poemas. Perto do final do capítulo intitulado "Realização no Amor", lemos, por exemplo:

> Não é verdadeiramente admirável que a natureza possua, ao mesmo tempo, esses dois aspectos antitéticos: um de escravidão e outro de liberdade? De um lado, manifesta-se no trabalho e no esforço; de outro, no lazer. Exteriormente, permanece em incessante movimento; intimamente, é puro silêncio e paz.

Não seria esse o significado desta passagem singular?

Tu és o céu — e tu és também o ninho.

Ó, tu, beleza infinita — é no ninho que teu amor envolve a alma com cores, sons e perfumes.

A manhã chega, com o cesto dourado em sua mão direita, trazendo a coroa da beleza para, em silêncio, coroar a terra.

E a tarde vem, sobre os campos solitários, abandonados pelos rebanhos, por trilhas invisíveis, trazendo em sua jarra de ouro o sopro fresco da paz, vindo do oceano ocidental do repouso.

Mas ali — onde o céu infinito se estende para o voo da alma — reina a radiação pura e imaculada. Ali não há dia nem noite, nem forma, nem cor — e nunca, nunca, uma só palavra.

Todos os poemas que citei anteriormente ainda são inspirados pelo sentimento dessa dualidade, tão habilmente comentada neste primoroso trecho de *Sadhana*:

> Vejam, por exemplo, a flor. Por mais fascinante que pareça, ela se apressa em cumprir um grande propósito. Sua forma e cor existem apenas em função dessa missão. Deve completar o fruto, sob pena de interromper a continuidade da vida da planta e permitir que a terra logo se transforme em um deserto. A cor da flor e seu perfume não

são gratuitos; existem por essa razão. Tão logo é fecundada pela abelha, chega a hora do fruto, e suas delicadas pétalas caem, forçadas por uma economia cruel a abandonar seu doce perfume. Já não há mais tempo para exibir suas vestes ao sol; ela está inteiramente comprometida.

Visto de fora, a necessidade parece ser o único motor da natureza, impulsionando cada coisa: o botão se abre em flor, que se transforma em fruto; o fruto espalha sua semente sobre o solo; a semente germina novamente, e assim a cadeia ininterrupta da vida segue adiante, ato após ato...

Mas essa mesma flor, ao se dirigir ao coração humano, imediatamente perde sua função prática; de súbito, torna-se o emblema do repouso e da serenidade. Assim, aquilo que expressa a atividade incessante revela-se, ao mesmo tempo, a mais perfeita imagem da paz e da beleza.

E reencontramos aqui aquela velha distinção que Schopenhauer estabelecia entre o que ele chamava de o "motivo" e o "quietivo".*

Certamente, reconhecer essa dualidade constante já é muito. Mas Tagore pretende alcançar uma felicidade superior, além de *maya*, pois, como afirma ainda em *Sadhana*:

---

* Quietivo *(quiétif)* é o que apazigua ou suprime a vontade por um tempo. Pode ser uma experiência estética (como a contemplação da beleza), a compaixão ou até um estado meditativo que suspende o desejo e a inquietação. (N. T.)

Esse lado de nossa existência, que encara o infinito, não anseia por opulência, mas por liberdade, por alegria. Ali cessa o reinado da necessidade, e nossa vocação não é possuir, mas ser. Ser o quê? Ser um com Brahma, pois a religião do infinito é a religião da unidade. Por isso lemos nos *Upanishads*: "Aquele que compreende Deus torna-se verdadeiro". Aqui, trata-se do lugar do vir a ser, não mais do possuir. O significado das palavras, uma vez compreendido, não aumenta em peso, mas, então, elas se tornam verdadeiras ao se unirem plenamente à ideia.

Embora o mundo ocidental tenha reconhecido como mestre aquele que proclamou com audácia sua unidade com o Pai e exortou seus seguidores a serem perfeitos como o Pai divino é perfeito, nunca se reconciliou inteiramente com a ideia de nossa unidade com o Ser infinito. Condena como blasfêmia qualquer pretensão do homem de tornar-se divino. E essa condenação certamente não era a ideia pregada por Cristo, nem talvez a dos místicos cristãos, mas parece ter se cristalizado como uma visão popular no cristianismo ocidental.

Ao contrário, entre os hindus, a ideia de tornar-se Deus é tão forte entre eles que vemos o Rishi, autor do admirável hino do *Rig-Veda*, cuja estrofe li no início da minha palestra, assinar como Prajapati, adotando assim o nome do próprio deus que invoca, Prajapati, "o Senhor das Criaturas".

"Quando a percepção dessa perfeição de unidade," diz Rabindranath Tagore em outro trecho de *Sadhana*, "não é puramente intelectual, mas abre nosso ser para a consciência luminosa da totalidade, então a alegria resplandece, e o amor se estende sobre tudo."

É essa fusão com Brahma que ele celebra no seguinte poema de *Gitanjali*:

Sou como o vestígio de uma nuvem de outono, vagando pelo céu. — ó meu sol eternamente glorioso! Teu toque ainda não dissipou minha névoa, fundindo-me à tua luz — e assim, sigo errante, contando meses e anos, separado de ti. Se este é teu desejo, se este é teu jogo, então toma esta minha leveza fugidia, adorna-a de cores, reveste-a de ouro, lança-a ao vento brincalhão e espalha-a em maravilhas sem fim.

E quando, à noite, quiseres dar fim a essa brincadeira, que eu me dissolva e desapareça na escuridão — ou talvez no sorriso da manhã alva, no frescor dessa pureza translúcida.

E ali no "frescor dessa pureza translúcida" dissolvem-se também, junto ao ser individual, suas dores, suas inquietudes, seus amores.

Em desesperada esperança, vasculho cada canto do meu quarto em busca dela — mas não a encontro.

Minha casa é pequena, e o que dela se vai jamais pode ser recuperado.

Mas infinita é tua morada, meu Senhor, e, ao buscá-la, cheguei até tua porta.

Estou sob o dossel dourado de teu céu ao entardecer e ergo meus olhos sedentos para tua face.

Cheguei à beira da eternidade — onde nada se perde: nem a esperança, nem a alegria, nem a visão de um rosto entre lágrimas.

Ó, mergulha minha vida vazia nesse oceano, lança-a no mais profundo da plenitude. Deixa-me, ao menos uma vez, sentir aquele doce toque perdido na totalidade do universo.

Todos os últimos poemas de *Gitanjali* louvam a morte. Creio não conhecer, em nenhuma literatura, um tom mais solene e belo.

André Gide

Título original: *Gitanjali* (*Song Offerings*)
Publicado em 1915 por The Macmillan Company, Nova York

Nesta edição, respeitou-se o novo Acordo Ortográfico da Língua Portuguesa.

TRADUÇÃO Lilian Dionysia
PREPARAÇÃO Angélica Andrade
REVISÃO Heloisa Spaulonsi Dionysia
DIAGRAMAÇÃO Ponto Design
CAPA Tereza Bettinardi

2025
Todos os direitos desta edição
reservados à AJNA EDITORA LTDA.
ajnaeditora.com.br

Dados Internacionais de Catalogação na Publicação (CIP)
(Câmara Brasileira do Livro, SP, Brasil)

Tagore, Rabindranath, 1861-1941
Gitanjali : oferendas líricas / Rabindranath Tagore ; tradução
Lilian Dionysia. -- São Paulo : Ajna Editora, 2025.

Título original: Gitanjali.

ISBN 978-65-89732-42-6

1. Poesia indiana I. Título.

25-259199 CDD-891.41

Índices para catálogo sistemático:
1. Poesia : Literatura indiana 891.41
Eliete Marques da Silva - Bibliotecária - CRB-8/9380

Primeira edição [2025]

Esta obra foi composta
em Chiswick Text e impressa
pela Ipsis para a Ajna Editora.